I0584019

LA TENTACIÓN DEL ALFA

RENEE ROSE

LEE SAVINO

Traducido por
PATRICIA QUERALES

MIDNIGHT ROMANCE

Título original: *Alpha's Temptation*

© julio 2017, Renee Rose y Lee Savino y Octubre 2020 Midnight Romance

Publicado en los Estados Unidos de América

Renee Rose Romance, Silverwood Press y Midnight Romance

Traducción:

Patricia Querales

El presente libro electrónico es una obra de ficción. Si bien puede hacer referencia a hechos históricos o localidades reales, los nombres, personajes, lugares y eventos son producto de la imaginación del autor o son usados de forma ficticia, y cualquier parecido a personas reales, vivas o muertas, establecimientos comerciales, eventos o lugares es puramente coincidencia.

El presente libro contiene descripciones de muchas prácticas sexuales y de BDSM, pero sigue siendo una obra de ficción y, por lo tanto, no debe usarse como una guía por ningún motivo. El autor y la casa editorial quedan exentos de responsabilidad en caso de pérdidas, daños, lesiones o muertes ocasionados por el uso de la información contenida en él. En otras palabras, ¡no intente esto en casa!

 Creado con Vellum

PRÓLOGO

*G*C: Gatichica estuvo aquí.
King1: Te veo.
GC: Qué buen código.
King1: Te voy a atrapar. No habrá piedad para la gatita.
GC: Oooh, cuéntame más, cariño.

—CONVERSACIÓN entre la *hacker* y Jackson King, director
ejecutivo y fundador de SeCure, 2009

CAPÍTULO UNO

KYLIE

«*S*antas ironías, Batman».

Cuando era adolescente, hackeé una empresa y ondeé una bandera de victoria virtual en la cara del fundador y director ejecutivo. Nueve años después, estoy en la misma empresa para una entrevista de trabajo. Y no para cualquier trabajo, uno en seguridad. Específicamente, seguridad de sistemas de información. Si me dan el trabajo, defenderé a la empresa de los *hackers* como Gatichica, mi antigua identidad de DefCon.

Así que estoy aquí sentada, en el opulento vestíbulo de la sede internacional de SeCure, preguntándome si de alguna manera me reconocerán y me sacarán esposada del lugar.

Un grupo de empleados pasa a mi lado, riendo y hablando. Se ven relajados y felices, como si se dirigieran a un centro turístico y no a su rutina de nueve a cinco.

Maldita sea, quiero este trabajo.

Me cambié de ropa alrededor de noventa y siete veces esta mañana y, por lo general, no le presto atención a lo que me pongo. Pero esta es la entrevista de mi vida y estoy obsesionada con acertar en cada detalle. Al final, elegí un elegante traje negro, de esos con chaqueta y falda corta ajustadas. Opté por no usar pantimedias y llevar las piernas descubiertas, pero me calcé un par de tacones sensuales. Debajo de la chaqueta del traje llevaba mi camiseta favorita de Batichica. Me queda bien ceñida en los pechos y el murciélago brillante de color rosa intenso se centra perfectamente entre las solapas de mi chaqueta.

El atuendo grita que soy una genio de TI «joven y moderna», mientras que el traje es un guiño al ambiente corporativo conservador. Me debatí sobre usar los tacones o zapatillas, pero, al final, los tacones ganaron lo cual es una lástima porque, cuando Stu, mi contacto, venga por mí, tendré que ponerme de pie y caminar con ellos.

Si mi yo adolescente *hacker* me viera ahora, se reiría en mi cara y me diría que soy una vendida. Pero hasta ella compartía mi obsesión con el multimillonario fundador/dueño de SeCure, Jackson King. Una obsesión que se ha transformado en admiración con una fuerte dosis de atracción sexual.

Está bien, me tiene flechada. Pero Jackson es un hombre que lo vale. Es un filántropo multimillonario que nunca deja de impresionarte. Sin mencionar lo divino que está. Especialmente para ser un friki.

Y el único momento que compartimos, el momento en que superé todas las medidas de seguridad y me encontré cara a cara con él, bueno, cursor a cursor, está grabado en mi memoria como el encuentro más ardiente de mi juventud. No le robé nada. Simplemente quería ver si podía entrar, descifrar el código impenetrable. Me salí después de que me encontró y nunca me arriesgué a volver a hacerlo.

Ahora, podría tener otra oportunidad de un combate cibernético con King, y la idea me emociona.

Sobre todo porque, esta vez, mis acciones no serían ilegales.

—¿Señorita McDaniel?

Me pongo de pie de un salto, con la mano ya extendida y lista para el saludo. Solo me tambaleo un poco sobre los tacones.

—Hola. —Maldita sea, sueno como si estuviera sin aliento. Me obligo a relajar los hombros y sonrío mientras estrecho la mano de la persona que me saluda.

—Hola, soy Stu Daniel, gerente de seguridad de información de SeCure. —Se ve como un nerd clásico, con gafas, camisa tipo polo y pantalones de vestir, de unos treinta años. Baja los ojos por un segundo hacia el murciélago rosa en medio de mis senos y luego los retira. Quizás la camiseta no fue buena idea.

Sigo sacudiéndole la mano, probablemente por demasiado tiempo. Leí cinco libros de negocios para prepararme para hoy, pero no recuerdo lo que decía *Entrevistas para tarados* sobre la duración apropiada de un apretón de manos.

—Encantada de conocerle.

Afortunadamente, Stu es tan incómodo como yo. Sigue llevando la mirada hacia abajo. No como si estuviera tratando de ser pervertido, sino como si fuera demasiado tímido para mantener el contacto visual.

—Sígame, iremos al sexto piso para la entrevista.

Además de la seguridad cibernética inquebrantable, la

fortaleza física de SeCure también está bien protegida. Cuando crucé los relucientes pisos de mármol y me presenté en el mostrador de la recepción principal, me dijeron que esperara en el vestíbulo a un «escolta» para mi entrevista.

Sigo a mi escolta.

—Qué hermoso edificio tienen.

Está bien, eso fue patético. No sirvo para las conversaciones triviales, ni un poco. Quizás no debí haber pasado los últimos ocho años escondiéndome de toda clase de interacción social. Los frikis de TI no deberían tener que hacer entrevistas como las personas normales. Solo deberían tener que hacer una prueba o hackear algo. Pero, probablemente, SeCure ya conoce mis habilidades para descifrar códigos, o eso dijo la cazatalentos. Casi me atraganto con mi café cuando me llamó de la nada. Pensé que era una broma de uno de mis antiguos compatriotas en línea: el Clan Limpio. Pero no, era legítimo.

Además, las posibilidades de que alguien de mi antigua vida me encuentre ahora son nulas. Por lo menos eso espero.

Stu me lleva al ascensor y pulsa la flecha hacia arriba. Las puertas de un ascensor se abren para revelar a un hombre con un traje elegante y la cabeza metida en el teléfono. Alto y de hombros anchos, ocupa más de lo que le corresponde en el ascensor. Sin desviar la mirada, se mueve hacia un lado para darnos espacio.

Stu me deja entrar primero y reprimo el pánico. Es un ascensor pequeño, pero no demasiado. Puedo manejarlo. Si me dan el trabajo, averiguaré dónde están las escaleras.

Me concentro en los botones brillantes y espero que sea un viaje rápido.

Antes de que mi escolta pueda entrar, alguien lo llama por su nombre.

—Un segundo —dice Stu mientras una mujer joven se acerca, seguida por otras dos personas.

—Stu, se cayó el servidor Galileo esta mañana…

Excelente. Justo lo que necesito: pasar más tiempo del necesario en un ascensor. Trago saliva, ignorando el hormigueo que siento en la piel. Un ataque de pánico no causará una buena impresión.

Stu saca el pie de la puerta mientras la joven abre su computadora portátil para mostrarle algo.

La puerta se cierra y el ascensor asciende. Así como así, me he quedado sin mi escolta. Hasta aquí llegó la seguridad estricta.

Presiono el botón con el número seis. Sé adónde voy. Cuanto antes salga de esta pequeña caja de la muerte, mejor.

Estamos a mitad de camino cuando las luces parpadean. Una vez, dos veces, luego se apagan.

—¿Qué demonios…? —Me quedo en silencio para concentrarme en respirar. Tengo una ventana de diez segundos antes de entrar en pánico.

El hombre a mi lado murmura algo. La pantalla de su teléfono proyecta una luz azul inquietante en las paredes.

La cabina del ascensor se detiene con un chirrido.

«Oh, no. Aquí viene». El corazón me retumba en el pecho; mis pulmones luchan para recibir oxígeno.

«Detente», le digo a mi pánico. «No pasa nada. El

ascensor se pondrá en marcha de nuevo en un segundo. No estás atrapada aquí».

Mi cuerpo no me cree. El estómago se me revuelve y empiezo a sudar. Todo se oscurece. O mi visión se ha atenuado o el tipo acaba de ponerse el teléfono en la oreja. Me balanceo sobre mis pies.

El grandullón maldice.

—No hay recepción aquí.

Se me tuerce el talón y me agarro a la barandilla, respirando de forma entrecortada.

—Oye. —El hombre tiene una voz que va a juego con su tamaño gigantesco, profunda y resonante. Lo encontraría sensual en otras circunstancias—. ¿Estás entrando en pánico? —Con un ligero desdén en el tono.

«No es mi culpa, amigo».

—Sí. —Apenas puedo responder entre jadeos. Me aferro a la barandilla como si mi vida dependiera de ello.

«Mantente de pie. No te desmayes, ahora no. Aquí no».

—No me gustan los espacios pequeños. —«Eso no le hace justicia».

¿Se acaba de mover el ascensor? ¿O estoy perdiendo el control de mi cuerpo? El pánico se apodera de mí. «Me voy a morir aquí. No voy a poder salir».

Dos manos grandes me empujan contra la pared del ascensor, inmovilizándome y presionándome el esternón.

—¿Q-qué estás haciendo? —jadeo.

—Activo tu reflejo de calma. —Suena tranquilo, como si empujar chicas que están hiperventilando contra la pared fuera parte de su día a día—. ¿Está funcionando?

—Sí. Que un extraño me manosee siempre me calma.

—Juré que escondería mi sarcasmo hasta tener el trabajo, pero aquí viene a soltar chorradas. Es lo que pasa cuando una chica está a segundos de desmayarse.

—No te estoy manoseando —responde.

—Eso es lo que dicen todos los hombres —murmuro.

Interrumpe su breve risa tan pronto como empieza. Casi como si no quisiera dejarla salir.

¿Quién es este tipo?

Se me ralentiza el ritmo cardíaco, pero la cabeza todavía me da vueltas. Nunca antes había tenido a un hombre tan cerca de mí. Y mucho menos tocándome. Si subiera unos centímetros más, me estaría agarrando los pechos.

«Pues, eso no estaría tan mal». Me recorren las sensaciones que no había sentido antes fuera de la privacidad de mi dormitorio.

—No es que me importe que me manosees —balbuceo—. Creo que primero deberías invitarme a cenar.

Retira las manos de mi esternón tan rápido que me tambaleo hacia adelante. Antes de que pueda caer, me agarra por los hombros y me da la vuelta. Me abraza por detrás y vuelve a aplicar presión sobre mi esternón.

—¿Qué tal esto? —Suena entretenido—. ¿Mejor? No quiero que mi buena acción del día termine con una denuncia por acoso sexual.

«Dios, su voz». Sus labios están junto a mi oreja. No está tratando de seducirme, pero, hombre, joder, solo las palabras «acoso sexual» me encienden el cuerpo.

—Lo siento. —Me cuesta hablar un poco—. No quise acusarte de nada. Lo que quise decir fue… gracias.

Por un momento, no se mueve, e inhalo bajo sus manos

firmes que me rodean, me protegen, me mantienen a salvo. Y todo lo que puedo pensar es… maldita sea. Pensé que un ataque de pánico sería malo. Ahora estoy atrapada en un ascensor, envuelta en los brazos de un total extraño. Y súper excitada. Es como si mi coño estuviera desconectado de mi cuerpo. El resto de mi cuerpo corre por ahí hasta la coronilla de la preocupación, pero mi vagina piensa que tener a un extraño manipulándome en un ascensor oscuro es una buena razón para cachondearse.

—Deberías sentarte.

Al parecer, no tengo otra opción, porque me baja al suelo con una presión constante e inexorable. Una vez allí, me apoya contra la pared, maniobrándome con sus manos firmes pero suaves como si fuera una muñeca. Tengo palabras cortantes en la punta de la lengua: «Soy una mujer adulta, no una Barbie», pero estar sentada se siente bien. A pesar de su contundente acto de cavernícola, me está cuidando. Casi extraño tener sus manos sobre el esternón.

—¿Dónde aprendiste eso? —pregunto para distraerme del hecho de que estoy atrapada en un rectángulo estrecho de espacio con un tipo que no tiene reparos en recorrerme todo el cuerpo con las manos. Tampoco tengo reparos en ello, aunque me gustaría poder recordar cómo se ve. Todo lo que tengo es la vaga impresión de una mandíbula marcada y aire de impaciencia. Estaba demasiado concentrada en mentalizarme para subir al ascensor como para verlo.

—Años y años de acosar mujeres en lugares oscuros.

¡Ah! Otra persona a la que le encantan los chistes ingeniosos. Me gusta aún más.

—Gracias —digo después de un momento.

Se sienta a mi lado y la chaqueta de su traje roza la mía.

—Todavía estás en pánico.

—Sí, pero me siento mejor. Hablar me ayudaría. ¿Podemos hablar?

—Bueno. —Entonces adopta un acento alemán para sonar como Freud—. ¿Cuándo notaste el prrroblema porrr prrrimerrra vez?

~.~

Jackson

LA RISA de la hermosa mujer humana es tan fuerte que casi se ahoga con ella. Continúa riendo por un momento, un poco histérica. Vuelve a estallar de risa cada vez que intenta hablar. Finalmente, logra decir:

—Me refería a hablar para distraerme… hablar de otra cosa.

Nunca bromeo, especialmente en el trabajo, pero la morena de piernas largas con una falda corta y ajustada me pone el cuerpo en alerta de una manera demasiado placentera. Me siento mejor ahora que no la estoy tocando. Cuando lo hice, la electricidad entre nosotros me encendió un fuego en la piel. La viveza y el ardor del cambio se apoderaron de mí tan rápido como si fuera un adolescente púber que recién está aprendiendo a transformarse. Estuve a punto de abrirle las piernas, subirle esa minúscula falda hasta la cintura y reclamarla ahí mismo.

De hecho, mis sentidos de lobo se volvieron locos en el

momento en que entró al ascensor. Hago todo lo posible para quedarme callado y estudiarla. Su olor me embriaga, como una flor exótica que pide ser arrancada, pero decididamente humana. Nada de esto tiene sentido. No hay ninguna razón por la que deba sentirme atraído por ella, aparte del hecho de que es hermosa. Nunca antes me había sentido atraído por una humana; joder, ni siquiera me he sentido atraído por una loba, ni siquiera en luna llena.

Para empeorar las cosas, se excitó cuando la toqué; el aroma de su néctar llena el espacio confinado. Por primera vez en mi vida, se me afilaron los colmillos, recubiertos por el suero, listos para hundirse en su carne y marcarla para siempre como mía.

Pero es una locura. No puedo marcar a una humana, no sobreviviría. Esta humana, por hermosa que sea, no puede ser mi pareja.

La observo, con una clara ventaja porque puedo ver en la oscuridad y ella no. Es impresionante en todos los sentidos: piernas largas y bien formadas, un culo que llena la falda corta y tetas de Batichica. Es decir, tiene un murciélago de rosa chillón en la parte delantera de la camiseta, justo sobre un par de tetas firmes. Y algo de ese murciélago me lleva al límite. Una pequeña superheroína con agallas, que ruega por ser dominada.

Supongo que eso me convierte en el villano.

—¿Cómo te llamas? —me pregunta.

No me atrevo a contestarle.

—J. T.

—Soy Kylie. Estoy aquí para una entrevista, así que estaba nerviosa desde el principio.

No soy amigable. Desanimo a mis empleados a interactuar conmigo, excepto para darme información en el formato más destilado. Pero, por alguna razón, no me importa su débil intento de conversación. Lo que no significa que me molestaré en responderle.

Estoy demasiado ocupado convenciendo a mi lobo de no caerle encima.

Ella intenta de nuevo.

—¿En qué departamento trabajas?

No voy a admitir que soy el director ejecutivo.

—Mercadotecnia. —Infundo la palabra con el disgusto que me inspira la mercadotecnia. Es cierto que ahora paso la mayor parte de mi tiempo en mercadotecnia o administración, cuando prefiero programar y nunca interactuar cara a cara con otra alma.

Ella se ríe, con un sonido dulce y ronco. A pesar de que no puede verme, mira en mi dirección con un atisbo de fascinación en el rostro. Su pelo, de un castaño espeso y brillante, le cae en ondas sueltas sobre los hombros. Está demasiado oscuro para distinguir el color de sus ojos, pero sus labios carnosos están brillosos, y la forma en que se abren ahora me hace querer reclamar esa boca exuberante.

—Entonces eres uno de esos tipos, ¿eh? Qué triste.

Sonrío, algo raro en mí. Ya me hizo reír, algo que no he hecho en veinte años.

—¿Para qué puesto te estás entrevistando?

—Seguridad de la información.

Atractiva y nerd. Interesante. Debe tener excelentes habilidades para obtener una entrevista. Mi empresa es la mejor del mundo en seguridad de la información.

—¿Tienes mucha experiencia en el campo?

—Algo. —Suena evasiva de una manera que me hace pensar que realmente sabe lo que hace.

Hace mucho rato que se cortó la electricidad, al menos diez minutos. Saco el teléfono del bolsillo e intento llamar a mi secretaria de nuevo, pero sigo sin recibir señal.

—¿Cuánto tiempo crees que estaremos atrapados aquí? —Su voz vacila en la palabra «atrapados».

Por los dioses, nunca antes había sentido la necesidad de tomar la mano de una mujer. El cuello de mi camisa está demasiado apretado. Ojalá no me hubiera puesto traje y corbata. Por supuesto, eso lo deseo todos los días, pero rara vez tengo otra opción, a pesar de que es mi maldita compañía. Una vez que alcanzamos cierto nivel, tuve que cumplir con el código de vestimenta de las empresas estadounidenses cuando tenía reuniones externas, incluso en Tucson, que es notoriamente relajado en su código de vestimenta.

Mi pequeña programadora, sin embargo, acertó con el atuendo: la combinación perfecta de hípster con tetas de murciélago y piernas descubiertas, y corporativo con traje y tacones. No sé cuándo empecé a pensar en ella como si fuera mía, pero lo hice. En el segundo en que entró al ascensor e inhalé su aroma, mi lobo gritó «mía».

—O sea, ¿crees que serán horas? No serán horas, ¿verdad? —Está perdiendo el aliento de nuevo. Hago todo lo posible para no ponerla en mi regazo y abrazarla hasta que todos los temblores se detengan.

—No me hagas manosearte de nuevo. —Está bien, definitivamente no debería decir eso, incluso si ella lo dijo primero. Pero el comentario tiene el efecto deseado.

Resopla, lo que cambia su patrón de respiración y la ayuda a relajarse.

—Entonces, ¿estás nerviosa por la entrevista? —pregunto. Las charlas sobre nimiedades no son parte de mi repertorio, pero parece que haría cualquier cosa para calmarla. O tal vez solo quiero volver a escuchar su voz—. No te ves nerviosa.

—¿Aparte de todo el asunto del ataque de pánico con el cual estás haciendo un trabajo de superhombre para distraerme?

Mi lobo se pavonea ante el cumplido.

—Te contaré un secreto —dice, y los músculos de la ingle se me comprimen casi dolorosamente por el ronroneo en su voz. Me está seduciendo y ni siquiera sabe que lo está haciendo.

Quizás hablar sea una mala idea.

—Está bien —respondo.

—Nunca antes había tenido un trabajo real. O sea, ahora tengo un trabajo, pero es todo por teletrabajo. Nunca había estado en una oficina como esta.

—¿Crees que puedes adaptarte?

—Sabes, hace cinco años hubiera vomitado ante la idea. Pero, en realidad, SeCure es la única empresa para la que me pondría traje y tacones.

Y todos los hombres del edificio le agradecen a Dios por haberlo hecho.

—¿Por qué?

—SeCure representa el pináculo de seguridad de sistemas de la información. Es decir, Jackson King es un genio. Lo he estado siguiendo desde que tenía diez años.

Intento evitar que mi lobo se dé aires.

—¿Segura que quieres dejar el pijama en casa y venir a la oficina todos los días?

—Sí. Sería bueno tener una razón para salir de casa. La programación puede ser muy solitaria. O sea, hago mi mejor trabajo sola, pero puede ser agradable estar rodeada de gente como yo. Quizás encuentre a mi tribu. Sentirme como una persona normal, ¿sabes?

No lo sé. No he tenido una tribu desde que abandoné mi manada de nacimiento con el pelaje empapado con la sangre de mi padrastro.

Una empresa llena de humanos es un mal sustituto.

—Si tienes una entrevista aquí en seguridad de la información, debes tener talento —le digo para distraerme de los malos recuerdos.

—Programo desde que era joven —se limita a decir, lo que nuevamente me hace pensar que está minimizando su talento—. Ser una adolescente friki definitivamente me descalificó de ser normal.

—Lo normal está sobrevalorado. Solo necesitas encontrar a tu manada.

—¿Manada?

—Quise decir tribu.

—No, me gusta «manada». Eso me convierte en un lobo solitario. —Tiene una alegría en la voz y reprimo un comentario intrépido. Ser un lobo solitario no es tan genial como parece. Incluso si es todo lo que merezco.

—Entonces… —Tiene el tono de alguien que ha estado esperando para preguntar algo—. ¿Te has encontrado con Jackson King?

Escondo una sonrisa, aunque ella no puede verla.

—Mmm. Un par de veces, sí.

—¿Cómo es él?

Me encojo de hombros en la oscuridad.

—Es difícil de decir.

—¿Es difícil de decir porque no revela mucho?

Mantengo la boca cerrada.

—Eso es lo que he escuchado. Entonces, ¿es del tipo de friki incómodo o del tipo perturbador?

No conocía las distintas categorías de friki. No me considero un friki, pero, como cambiante, no me considero en ninguna categoría humana.

—Supongo que del tipo perturbador —continúa—. Porque nadie tan atractivo debería ser tan asocial. Es decir, debe tener algunos defectos graves. Según los rumores, nunca tiene citas. Dicen que no tiene vida social alguna. Nunca sale. Es un recluso total. Debe estar dañado. O si no, es gay. Apuesto a que es del tipo que mantiene al novio atado en un armario para azotarlo cuando llega a casa por la noche.

Una vez más, casi se me escapa una sonrisa. «Te mostraré lo que son azotes, pequeña Batichica».

—Parece que sabes mucho sobre él.

—Oh… yo, eh… supongo que estoy interesada en él. Es una especie de celebridad entre los frikis. O sea, su programación original fue pura genialidad, especialmente para la época.

Esta vez, sí sonrío. Su conocimiento de mí, aparte de lo del chico gay de los azotes, hace que mi pulso se acelere. Otra anomalía. No me importa si llamo la atención y ella está en lo cierto, no doy información personal. Tengo un secreto demasiado grande que esconder. Pero su interés en mí tiene a mi lobo haciendo piruetas.

«Mía».

—Entonces, ¿qué tipo de friki eres tú? —pregunto.

—Aparentemente, del tipo que parlotea como una idiota con hombres desconocidos cuando está confinada en ascensores. Pero estoy segura de que eso ya lo habías notado. Lo siento, normalmente tengo un filtro mejor que el promedio. Es una suerte que no podamos vernos porque me he avergonzado bastante esta mañana.

Cada vez es más difícil evitar besarla hasta el cansancio. Nunca me había sentido tan feliz de sentarme y escuchar un balbuceo humano. A mi lobo ni siquiera le molesta estar confinado por más de diez minutos. Por lo general, gruñe para liberarse y atacar la amenaza. Lo que podría ser mortal.

Mi lobo parece más interesado en proteger a esta hermosa humana perspicaz. Me tomó un momento reconocerlo, pero ahora que lo hago, mi pulso se acelera y tengo que obligarme a no poner el brazo alrededor de ella. Acercarla. Especialmente cuando se inclina hacia mí.

—Tal vez podrías acordar no mirarme cuando las luces se vuelvan a encender para que podamos conocernos más tarde en circunstancias normales.

No contesto.

—Con suerte, no haré estas tonterías durante la entrevista y no lo arruinaré.

—¿De verdad quieres este trabajo?

—Sí. Sí lo quiero. Es extraño porque hace ocho años me hubiera reído en tu cara si me hubieras dicho que me gustaría trabajar para SeCure, pero creo que he cambiado. Para mí, Jackson King y la empresa que creó representan lo último en programación de seguridad de información, y quiero ser parte de eso.

Las luces se encienden y el ascensor se pone en movimiento. «Maldición».

—Ay, gracias a Dios —respira, poniéndose de pie.

Yo también me levanto.

Cuando se vuelve para mirarme, se le congela la sonrisa en el rostro.

«Sorpresa».

Ella palidece y se tambalea hacia atrás.

La luz le ilumina la belleza. Una piel perfecta, labios carnosos, ojos grandes, pómulos altos. Y sí... las tetas y las piernas se ven tan bien ahora como en la oscuridad. Es un diez por todos lados. Y ha descubierto quién soy, lo que me da ventaja.

—Pues, ahora estás callada.

—J. T. —murmura, con voz amarga. Me fulmina con la mirada como si hubiera sido yo quien hablara de ella en lugar de ser al revés—. ¿Qué significa la «T»?

—Thomas. —Mi madre me dio un nombre decididamente humano.

El ascensor se detiene en el sexto piso y las puertas se abren. Ella no se mueve.

Lo sostengo con la mano y le hago un gesto para que se baje.

—Creo que este es tu piso.

Abre la boca y luego la cierra de golpe. Cuadra los hombros y pasa a mi lado, con dos puntos de un rosa brillante en las mejillas. «Adorable».

Aunque llego tarde al menos a veinte reuniones, la sigo. No porque mi cuerpo no pueda separarse del de ella.

Ciertamente no porque tenga que saber más de ella. Solo para atormentarla un poco más con mi presencia ahora que sabe quién soy.

—Señorita McDaniel, ahí está —dice Stu. Está esperando frente a los ascensores; debe haber subido las escaleras. Luis, el director de seguridad de SeCure, está a su lado.

—Mantenimiento se encargará de esto de inmediato, señor King. —Luis hace una señal a uno de sus hombres, que ocupa su lugar en el ascensor para evitar que alguien más suba—. Lo arreglaremos en poco tiempo, señor. Y veo que usted escoltó a la señorita McDaniel.

Stu me mira con aire de culpabilidad.

—No era mi intención dejarla desatendida. Subí las escaleras para asegurarme de estar aquí cuando llegara. —Hace que parezca que se merece una medalla por sus actos heroicos.

No contesto.

—Yo me encargo de ella ahora. Lamento haberle molestado.

—Voy a observar su entrevista —digo, sorprendiéndome incluso a mí mismo.

Stu y Kylie giran sus cabezas de golpe y me miran boquiabiertos. Kylie se sonroja aún más y parpadea con esos grandes ojos marrones. A la luz, son de un cálido marrón chocolate con un destello de oro en el medio. «Increíble».

Al alfa que hay dentro de mí no le importa incomodarla. Estoy acostumbrado a perturbar a la gente. Pero mi lobo no está feliz con el tinte de ira en su olor. Tengo una disculpa en los labios, otra novedad. Jackson King no se disculpa. Y tampoco le debo una. Si pudiera salirme con la mía, la llevaría a la sala de conferencias más cercana, le daría una nalgada por el comentario del chico de los azotes y pasaría las siguientes tres horas enseñándole placer con la punta de mi lengua. Le haría sexo oral hasta que sus gritos de placer les dijeran a todos en el edificio que ella es mía. Eso se encargaría de su molestia y su nerviosismo. ¿O es excitación?

—Oh, es solo una entrevista de rutina, no es necesario que pierda su tiempo —dice Stu.

Que me condenen si dejo que Stu, o cualquier otro hombre, la tenga a solas.

Luis se aclara la garganta, advirtiéndole a Stu que está a punto de hacerme enojar.

Miro a Stu con los ojos entrecerrados.

—Yo decido cómo emplear mi tiempo. ¿Vamos a la sala de conferencias o la entrevistaremos aquí en el pasillo?

Stu frunce el ceño como si acabara de estropear su fiesta de fraternidad.

~.~

Kylie

«*SANTAS INCOMODIDADES, BATMAN*». Ahora sí que no voy a pasar la entrevista. No pensé que pudiera ponerse peor, pero estar atrapada en un tira y afloja entre Stu y Jackson es otro momento maravilloso de este día horrible. No puedo creer que haya colapsado frente a Jackson King. Y parloteado como una colegiala sobre qué tipo de nerd era y si era gay, y Dios mío, ¿de verdad insinué que azota a sus parejas sexuales? ¿Qué diablos me pasa? Ni siquiera *Entrevistas para tarados* puede salvarme ahora.

Por supuesto, me dejó pensar que no era el director ejecutivo. Una estrategia bastante pesada, de verdad. Debería estar fulminándolo con la mirada, pero no, todavía estoy aturdida por cómo me toco. Lástima que recibir manoseos de parte de Jackson King no es una de las ventajas del trabajo.

Maldita sea, de verdad que quiero esto. Dejando a un lado los manoseos, SeCure es el pináculo de la ciberseguridad. Cuando era adolescente, era el hackeo definitivo. Después de casi diez años de incógnito, se siente como volver a casa. Como si hubiera entrenado toda mi vida para estar aquí y, ahora que trabajo de forma legítima, puedo ocupar el lugar que me corresponde.

El hecho de que estaría trabajando con Jackson King no tiene nada que ver con eso. Bueno, tal vez un poquito. Ciertamente, a mi cuerpo le gustaría estar debajo de él ahora mismo. Dios mío, tengo que pasar la entrevista sin imaginar sus manos sobre mí…

La mirada asesina entre Stu y Jackson ha durado bastante.

—¿Dónde está la sala de conferencias? —intervengo. Tomo varias bocanadas de aire y sigo a Stu a una gran sala de conferencias. Puedo hacerlo. He manejado cosas mucho más difíciles: atracos grandes a la edad de doce años, perder a mi mamá y a mi papá, quedar atrapada en un conducto de aire por diez horas… Esto no es nada. Es solo una entrevista.

Me siento y los tres hombres se colocan frente a mí. Las sillas son grandes y lujosas, pero apenas se adaptan al cuerpo musculoso de Jackson, quien se gira un poco y me mira. El hombre puede ser intimidante incluso cuando está sentado.

Me permito fruncir el ceño en su dirección. Me mintió. Y ahora me obliga a hacer la entrevista con él, como si este día pudiera volverse más incómodo.

Se encuentra con mi ceño fruncido con las cejas enarcadas.

¿Por qué, señor, por qué dije todas esas cosas en el ascensor? Fue como si hubiera bebido un suero de la verdad.

Tal vez ese sea uno de los superpoderes de Jackson: hacer que la gente le cuente cada pensamiento que se les viene a la cabeza. Nunca había sido tan honesta con nadie en mi vida. He dicho un millón de mentiras, pero recibo un poco de consuelo después de un ataque de pánico y todo mi entrenamiento desapareció. Mi papá me regañaría, si aún estuviera vivo.

Stu baraja algunos papeles y desliza uno hacia el señor King.

—Aquí está su currículum —dice—. Puede ver que sus calificaciones son bastante impresionantes.

Stu definitivamente exageró mi currículum. Claro, me gradué *summa cum laude* con un título en sistemas de información de Georgetown, después de convencerlos de que me dejaran tomar todas mis clases en línea, pero mi experiencia laboral era programar para la empresa de videojuegos en la que trabajo actualmente. Al menos, la única experiencia laboral que era legal. Hay muchas cosas que no puedo mencionar. El resultado: no me veo tan impresionante en papel.

—Todos sus profesores la recomendaron con vehemencia —continúa, pareciendo un poco agitado.

Sin embargo, ni la mitad de lo agitada que estoy yo. No ayuda que Jackson King me mire como si supiera los secretos de mi vida. Eso sí que es un pensamiento aterrador.

—¿Le gustaría empezar usted? —le pregunta Luis a King.

King se recuesta en la silla y cruza sus largas y elegantes piernas. Maldición. Siempre he babeado con sus fotos en línea, pero es aún más guapo en persona. Las fotos no le hicieron justicia, ni siquiera la edición de la revista *Time* donde lo nombraron «Hombre del año» por resolver los problemas mundiales de fraude con tarjetas de crédito. En realidad, nada sobre él lo hace ver como un friki en absoluto. Con el pelo oscuro y espeso, un poco largo y desgreñado, una mandíbula cuadrada y ojos verde jade, se ve rudo. También tiene un aire de peligro, como si su costoso traje apenas pudiera contener su poder.

Me mira y su rostro es una máscara inescrutable.

—¿Qué sabe acerca de seguridad de la información, Kylie?

Entrelazo los dedos sobre la mesa. No tiene sentido estar nerviosa. Eché a perder cualquier oportunidad de obtener este trabajo cuando lo llamé sociópata desviado en el ascensor. Probablemente solo quiera venganza y hacerme pasar por la entrevista más incómoda de la historia del mundo es su forma preferida de tortura.

«A la mierda esto». No me van a dar el trabajo. ¿Para qué quedarme y sufrir?

Empujo la silla hacia atrás y me levanto.

—Saben, no creo que sea una buena idea.

Stu se pone de pie rápidamente, luciendo enojado.

—¿Por qué no? Espera un minuto.

—Lamento haberles hecho perder el tiempo.

Stu se interpone entre la puerta y yo, como si no me fuera a dejar ir. Su trabajo debe estar en juego si no consigue a alguien para este puesto. «No es mi problema, amigo». ¿Qué va a hacer? ¿Bloquear la puerta si intento irme?

—Creo que, de hecho, arruiné esta entrevista en el ascensor. Así que yo misma me voy. Muchas…

—Siéntese, señorita McDaniel —ordena King, con voz profunda y resonante como el acero.

Me detengo en seco. Maldita sea, es aún más sensual cuando está serio. Como en el ascensor, mi cuerpo responde, los pezones se me ponen duros y el coño se me humedece. Las fosas nasales se le ensanchan como si pudiera olerlo. Pero eso es ridículo. Aún está sentado, pero no hay duda de quién es el que tiene el poder en la sala.

Tomo la silla, un poco tambaleante. Y no solo por mis tacones.

—Sí, señor. —Me siento de nuevo.

—Gracias. Le hice una pregunta y espero una respuesta.

Maldito hombre. Está decidido a hacerme sufrir. Me

froto el pulgar con la yema del dedo índice y luego dejo caer las manos en mi regazo para dejar de moverme.

—Señor King, me disculpo por las cosas que dije sobre usted en el ascensor; fui muy grosera e... irrespetuosa.

La expresión de King no cambia. Me mira con expresión calculadora.

—Responda la pregunta.

Muy bien. Supongo que ignorará mi disculpa. Le contestaría con sarcasmo, pero me prometí a mí misma que lo mantendría controlado.

—Mi conocimiento de la seguridad de la información es principalmente práctico. No lo verá en mi currículum, pero conozco todas las áreas de seguridad: cómo evaluar los puntos débiles, cómo esconder líneas de código. Ningún código es impenetrable, excepto quizás el suyo.

—¿Cuánto tiempo le tomaría hackear el Gmail de una persona promedio?

Permito que una pequeña sonrisa me aparezca en los labios.

—Eso sería ilegal, señor King.

—Entonces, ¿sabes o no sabes hackear?

«Lo sabe». Es lo primero que pienso. Me inquieto en la silla. Ha descubierto que soy Gatichica. «No, eso es una tontería». Todos los expertos en seguridad de la información probablemente sepan cómo hackear. Quizás sea un requisito indispensable. Como la forma en que las empresas de seguridad para el hogar contratan ladrones arrestados para mejorar sus sistemas.

No es que un sistema de seguridad, físico o virtual, haya podido mantenerme fuera. Aunque mis habilidades pueden estar un poco oxidadas. Mis días de ladrona silenciosa murieron con mi papá.

—Si supiera cómo hackear, señor King, ciertamente no lo admitiría aquí, y es por eso que no lo verá en papel. Pero si, en teoría, quisiera hackear el Gmail de una persona promedio, podría tomarme de diez a veinte minutos.

Stu le muestra una sonrisa tensa.

—Tenemos una serie de pruebas que le haremos a la señorita McDaniel después de la entrevista. —Dirige su atención hacia mí—. Ahora, ¿por qué no nos cuenta sobre su experiencia en programación?

King parece tan aburrido como yo me siento mientras relato mis logros en programación. Luis responde con todos los tipos estándar de preguntas de entrevistas: ¿Trabajo bien bajo presión? ¿En un equipo? ¿Estoy dispuesta a trabajar de noche y horas extras cuando sea necesario? ¿Cómo me siento sobre mudarme a Tucson desde Phoenix?

Respondo automáticamente, estudiando a Jackson King sin hacerlo obvio. No ha hecho otra pregunta. ¿Qué está pensando? ¿Sigue enojado por lo que dije en el ascensor?

—¿Tiene alguna pregunta para nosotros? —me inquiere Luis.

—¿Cuántos candidatos entrevistarán para este puesto?

Stu baraja sus papeles mientras los otros dos hombres esperan la respuesta.

—Tres.

—¿Cuándo creen que me informarán del resultado? —Probablemente un poco presuntuoso, pero la presunción es todo lo que me queda.

—En un par de días. Estamos entrevistando a todos hoy.

—Será mejor que arreglen ese ascensor, entonces —bromeo, mi voz más ligera de lo que me siento.

Stu se pone de pie.

—Ahora, si me sigue, la llevaré a un despacho para la prueba.

Gracias a Dios. A las pruebas las puedo manejar. No me atrevo a mirar a King al levantarme, con las mejillas que aún me arden. Con la cabeza baja, sigo a Stu. Cuando llego a la puerta, me arriesgo a echar un vistazo.

King me mira y tiene las comisuras de los labios enarcadas.

Sádico. Disfrutó haciéndome sufrir.

~.~

Jackson

VEO las largas y musculosas pantorrillas de Kylie salir pavoneándose de la habitación, con ese trasero que tiene una perfecta forma de corazón bajo la falda corta y ajustada. Mi lobo todavía se está volviendo loco, gruñendo para salir. Nunca lo he dejado perder tanto el control, especialmente no en el trabajo. Pero nunca ha habido una tentación como Kylie.

Obligo a mis pensamientos a regresar a los negocios. Al menos las partes del negocio que la involucran a ella.

—Quiero que me envíen los resultados de sus pruebas.

Luis asiente con la cabeza.

—Por supuesto. ¿Estará presente en todas las entrevistas hoy?

—No. —Luis probablemente quiera que dé más detalles, o que me explique, pero no presiona el tema. Todo el mundo sabe que soy minimalista cuando se trata de conversar.

—¿Puedo preguntar... qué dijo en el ascensor?

Me encojo de hombros.

—Me insultó. Está bien. Estoy seguro de que la mayoría de mis empleados han dicho cosas similares o peores sobre mí a mis espaldas.

Luis juega con su taza de café de papel sobre la mesa, demasiado diplomático para estar de acuerdo.

—¿Qué piensa de ella?

—Es brillante, eso es obvio. Su currículum no es tan impresionante. ¿Cómo dijo Stu que la encontró?

—Cazatalentos.

—Me pregunto por qué la cazatalentos pensó que encajaría bien cuando no tiene experiencia en seguridad de la información en su currículum.

—Está claro que es una hacker.

—Obviamente. ¿Pero cómo supo eso la cazatalentos?

Luis le da un toque a la mesa con su vaso de papel.

—Buena pregunta. ¿Quiere que lo averigüe?

—Sí. Y consígueme los resultados de sus pruebas.

—Entonces, ¿le gustó?

«Nadie tan atractivo debería ser tan asocial».

Ella piensa que soy atractivo. Sí, me lo han dicho antes, pero nunca me importó lo que pensaran los humanos de mi apariencia. Todos los cambiantes, bueno, todos los paranormales, en realidad, son más hermosos que los humanos. Al menos eso pensaba hasta que conocí a Kylie.

—La encontré... —«¿Cogible? ¿Embriagante? ¿Adorable bajo la fachada de chica dura?». Bien... lo de la chica dura es un rasgo alfa. Si Kylie fuera una cambiante, lideraría a las hembras de la manada. Tiene todas las cualidades de una hembra superior.

Luis espera mi comentario. ¿Qué carajo voy a decir? «Su olor es adictivo. Mi lobo quiere reclamarla».

—Interesante. La encontré interesante.

Me levanto, queriendo seguir a Kylie a cualquiera que sea el despacho en el que Stu la haya instalado solo para verla trabajar. Mi lobo no la quiere a solas con ningún otro macho. Y me gusta una buena caza, especialmente si Kylie es la presa.

~.~

Ginrummy

NO ESPERABA que Kylie fuera tan sensual. O estuviera tan preparada. Brillante, sí. Pero la imaginó tímida. Torpe. Socialmente ansiosa como él, tal vez con gafas y el pelo recogido en un moño despreocupado. Quizás con un piercing en la nariz. No el puntito de diamante en la fosa nasal, sino el aro en el tabique como las chicas duras y rebeldes.

Él supone que no todos los frikis de las computadoras son inadaptados, pero bueno, cualquiera que haya pasado toda su infancia en línea y fuera del mundo real no debería estar tan jodidamente buena con esos tacones altos y unas tetas jugosas. No debería poder mirar a los ojos a ese imbécil intimidante de Jackson King y hacer su propia entrevista como si fuera ella la que está contratando.

Ahora se ve aburrida, mientras sus dedos bailan sobre las teclas, resolviendo los problemas de seguridad que le plantearon.

En cierto modo, esto facilita las cosas. Se parece más a Jackson King que a él. Maldita sea, Kylie «Gatichica» McDaniel está fuera de su alcance. Así que incriminarla por el fracaso de SeCure no dolerá tanto como se imaginaba. Porque, en su mente, ella siempre ha sido su novia virtual de cierta forma. Sí, es estúpido, pero ella es mujer y él es hombre, y habían sido cómplices en el mundo del hackeo desde la pubertad, cuando sus hormonas descontroladas no necesitaban nada más que el nombre de «Gatichica» para acabar.

Adquirieron experiencia juntos como hackers jóvenes, compartiendo información y sus éxitos, dando consejos, asesorando a otros. Fue por pura suerte que la encontrara después de haber desaparecido durante los últimos ocho años. Pero reapareció en DefCon, el antiguo foro secreto de hackers donde siempre habían interactuado, buscando ayuda para entrar en el FBI. Naturalmente, él la había ayudado.

La había estado buscando durante mucho tiempo. No solo por nostalgia, aunque se preguntaba por ella. Ella es perfecta para lo que necesita. Hay muy pocos hackers capaces de descifrar el código de SeCure y él sabe que Gatichica es una de ellas. Lo hizo antes, cuando era adolescente, nada más y nada menos.

Entonces, cuando ella reapareció, él la ayudó con el

FBI y luego la siguió a través de sus puertas para ver qué estaba haciendo. Borró archivos de tres personas: una pareja casada fallecida y su hija, ladrones justicieros, conocidos por robar a personas sucias. También agregó pruebas sobre otro delincuente, incluyendo pistas sobre su paradero. Al indagar, reunió pruebas suficientes para suponer que ella era la hija de la pareja de ladrones silenciosos. Encajaba con el tipo de preguntas que había planteado años antes: sobre sistemas de seguridad y cajas fuertes. Según la información limitada del FBI, el criminal que ella había incriminado probablemente había asesinado a su padre durante un trabajo.

Después de eso, había sido difícil, pero finalmente encontró su dirección IP y luego fue cuestión de enviar a una cazatalentos tras ella para un trabajo en SeCure. Imagínate su sorpresa al descubrir que ella vivía a solo dos horas de distancia en Phoenix.

La está observando ahora, con el brillante pelo recogido detrás de la oreja, moviéndose como una as a través de las estúpidas pruebas que le pusieron. Oh, eran pruebas reales; habrían sido un desafío para cualquier otra persona, pero sabía que ella las pasaría con gran éxito.

Si ese maldito apagón no la hubiera juntado con Jackson King, contratarla sería una cosa segura. Pero parece que dijo o hizo algo para cabrear al director ejecutivo. Espera con muchas ansias que King no les impida contratarla.

~.~

Kylie

ABRO la puerta de la casa que comparto con mi abuela con un empujón. Tengo las piernas rígidas después del viaje de dos horas de vuelta a Phoenix y estoy lista para sacarme estos tacones.

—Mémé, ¿estás en casa?

Mi abuela aparece de la cocina y una sonrisa se dibuja en su rostro arrugado.

—¡Minette! —Mi nombre de cariño, *Minette*, que es la palabra francesa para «gatita». Se les ocurrió a mis padres. Mi mamá era francesa y mi papá la conoció en un equipo que planificaba un robo de arte en Arles. Fue amor a primera vista, por cómo él contaba la historia—. Y bien, ¿cómo te fue? —Mémé siempre me habla en francés y yo siempre le respondo en español. Hablo cinco idiomas con fluidez y el francés es uno de ellos, pero en casa soy floja. O tal vez sea parte de intentar ser normal.

Me dejo caer en una silla de la mesa de la cocina y me quito los malvados tacones de charol negro. Qué mala elección fueron.

Mémé se sienta a mi lado.

—Estoy esperando.

Hago una trompetilla.

—Mal. De hecho, la cagué. En grande, Mémé. Se cortó la luz mientras estaba en el ascensor.

—No. —Mémé da un jadeo exagerado y se tapa la boca de la forma animada que solo la gente de su generación todavía emplea. Mémé sabe de mi claustrofobia. Probablemente pueda adivinar su origen, aunque nunca hablamos de la profesión de mis padres ni de mis anteriores actividades ilegales.

—Y me quedé atrapada allí con Jackson King, el mismísimo Jackson King. —Mémé se me queda mirando, inquisitiva—. Es el fundador de SeCure. Pero no sabía que era él, estaba oscuro. Y dije algunas cosas no muy halagadoras sobre él.

Mémé parece comprensiva.

—Ah. Eso es una lástima, *ma petite fille*. —Me da una palmada en el hombro y se pone de pie—. Lo siento. Te traeré un poco de sopa.

Por supuesto. Porque la comida lo arregla todo, ¿no es así? La cocina de Mémé es tan buena como la terapia. Se vino a vivir conmigo después de la muerte de mi padre y, durante unos meses, sus crepes fueron la única razón por la que me levantaba de la cama.

Mémé se traslada a la estufa y echa el caldo caliente en un bol. El platillo de hoy es sopa de cebolla, mi favorita. Mémé sirve el rico caldo marrón con baguette y queso suizo.

—Cuidado, está caliente.

Le sonrío a Mémé. Después de la muerte de *maman*, pasé toda mi infancia cuidando a mi papá, tratando de mantenerlo fuera de la cárcel mientras jugaba a ser Robin Hood, robándole a los ricos para corregir los errores del mundo. Después de todos esos años, los mimos de Mémé se sienten bien. Aunque es severa cuando tiene que serlo. No habría terminado la universidad si ella no me hubiera convencido. Siempre había tomado cursos en línea, solo por diversión. Pero ella insistió en que tomara clases de forma legítima, de la misma universidad y terminara un título. Obtener el diploma y salir al mundo real, aunque fuera bajo una identidad falsa. Así que lo hice.

Pero apenas tengo una vida social, después de todo. Estoy demasiado acostumbrada a estar sola, a mantener mis secretos ocultos. Después de lo que pasó, después del... Joder. Todavía no puedo pensar en eso sin sentir un dolor punzante en el pecho. El asesinato de mi padre. Cómo fue traicionado y asesinado a sangre fría. Sí. Después de eso, detuve toda actividad ilegal. Borré nuestras identidades, que no es que mi papá y yo hubiéramos estado en el radar de todos modos. Volví a la vida legítima. Con el asesino traicionero de mi papá buscándome, me escondí a plena vista, como una ciudadana estadounidense común.

Los atracos fueron obra de mis padres, de todos modos. Se habían convertido en Bonnie y Clyde. Pero mi mamá murió en un accidente automovilístico cuando yo tenía ocho años, así que me convertí en la nueva pareja de atracos de mi papá. Me había negado a apartarme de él, aunque él hubiera preferido que me quedara a salvo en un internado o con Mémé en París. Pero su asunto de los Ladrones por la Justicia no era mi vocación. Me gustaba hackear.

Así fue como Mémé me convenció para que aceptara mi trabajo actual para la empresa de videojuegos. Pero apenas estoy atada al mundo real. Rara vez salgo de casa. No tengo citas ni amigos cercanos. De alguna manera, sigo siendo Gatichica, acechando en las sombras.

Quizás por eso el encuentro en el ascensor me desconcertó tanto. Nunca me ha tocado un hombre y mucho menos uno atractivo como Jackson King. Es aterradora la facilidad con la que bajó mis defensas.

Mi teléfono celular vibra y agarro mi bolso para buscarlo. Un número de SeCure.

—¿Aló?

—Hola, Kylie, es Stu, de SeCure.

—Hola, Stu. «Maravilloso, Kay-Kay, realmente maravilloso».

—Te llamo para informarte que estamos impresionados con tus habilidades y nos gustaría ofrecerte el trabajo.

—¿De verdad? —Una parte de mí quiere llevar el puño al aire en señal de triunfo. Di la peor impresión de mi vida y, aun así, recibí la oferta. Toma eso, *Entrevistas para tarados*.

El resto de mi conciencia espera con escepticismo.

—¿No hay una segunda entrevista ni nada?

—Nop. Obtuviste un puntaje del cien por ciento en la prueba y le gustaste a administración.

—¿Administración? —No se estará refiriendo a King.

—Sí, Luis pensó que eras genial. Entonces, el departamento de Recursos Humanos te llamará para la oferta real, pero tengo permiso para discutir el salario contigo. Estamos ofreciendo ciento treinta y cinco mil dólares más gastos de mudanza, seguro médico y dental completo, participación en las ganancias y las opciones sobre acciones añaden otro tercio al paquete salarial.

«Er... vaya». Le sonrío a Mémé, asintiendo. Son cincuenta mil más de lo que gano en este momento y nunca esperé que ellos pagaran el proceso de la mudanza. «Probablemente sea demasiado bueno para ser verdad». Pero no puedo rechazarlo.

—Gracias, eso suena genial.

—¿Entonces aceptarás la oferta? —Suena entusiasmado.

Debería hacerme la difícil, pero a la mierda.

—Sí. Absolutamente. Estoy emocionada.

—Excelente. Recursos Humanos te enviará una oferta por escrito mañana. ¿Qué tan pronto puedes empezar?

—No sé… ¿en un mes?

—Esperaba en dos semanas —dice Stu.

—¿De verdad? Eso es bastante pronto.

—Estamos pagando por la reubicación, así que eso simplificará la mudanza para ti.

—¿Las dos semanas son un requisito?

—Sí.

—Entonces allí estaré.

—Excelente. Mañana finalizaremos el papeleo. Bienvenida al equipo.

Cuelgo y le sonrío a Grandmère.

—¡Me dieron el trabajo!

Mémé me abraza y me besa la sien.

—¡Eso es maravilloso! Felicidades.

Acepto el abrazo, preguntándome qué piensa King de mi contratación. Al menos no lo vetó. Eso no debería emocionarme tanto como lo hace.

 *ackson*

SIENTO el momento en que Kylie entra al edificio. Incluso si no hubiera sabido que era su primer día en SeCure, no habría ignorado su presencia. Mis sentidos de lobo se despiertan. Un gruñido sube por mi garganta. Tragándolo, me muevo de mi escritorio y camino hacia las ventanas de pared a pared, mirando las estribaciones de Catalina. De repente, siento el cuello de la camisa demasiado apretado. Quiero quitarme la ropa, tomar mi forma de lobo. Quiero correr. Aullar. Cazar.

Cuando Tucson cortejó a SeCure para trasladar nuestra sede a la ciudad, fui despiadado y presioné para obtener ventajas fiscales y nuevas carreteras a la ubicación propuesta. Pero, en verdad, era una obviedad. Tucson es perfecto para un cambiante: ubicado entre tres cadenas montañosas, con una población de solo un millón, me brinda acceso rápido a la naturaleza y conserva todas las ventajas para los negocios. No fue difícil atraer empleados de alto calibre; la mayoría de los profesionales estaban encantados de mudarse al desierto, incluso con los veranos calurosos.

Construí la sede en la base de las montañas. Mi propia mansión también se encuentra en el frente de las Catalinas, por lo que puedo correr y cazar en cualquier momento.

Camino frente a las ventanas y la piel me hormiguea. De hecho, estoy considerando transformarme a plena luz del día. Mi lobo quiere salir. Quiere cazar, matar. O coger.

«Mía».

Sí, mi lobo quiere cogerse a esa ardiente humana en el sexto piso. Si fuera inteligente, me mantendría muy lejos de ella. Pero no estaba pensando con mi cerebro cuando recomendé contratarla en primer lugar.

No puedo sacar a Kylie de mi cabeza. Durante las últimas dos semanas, su olor me llega por la noche. La veo en mis sueños. El recuerdo de sus largas piernas y sus tetas de murciélago me pone duro de inmediato.

¿Cómo puede una humana ser tan atractivo?

Se oyen unos golpecitos a la puerta.

—¿Señor King? Su cita de las nueve de la mañana está aquí.

Con un suspiro, me siento en el escritorio.

—Hazlo pasar. —Más mierda de negocios con la que tengo que lidiar. Kylie tendrá que esperar.

~.~

Jackson

ME OBLIGO A ESPERAR hasta las once de la mañana. Para entonces, todo mi cuerpo se contrae por el esfuerzo de resistir el instinto. Poniéndome en pie, salgo de mi despacho y paso junto al escritorio de mi secretaria.

Ella me mira, sorprendida.

—Su cita de las once de la mañana lo está esperando, señor. —Ya me lo había dicho una vez y yo le había pedido un minuto.

—Sí, lo sé. Regreso en cinco minutos. —O diez. O el tiempo que me lleve lanzar a mi pequeña Batichica contra la pared y cogérmela hasta la inconciencia.

Reprimo a mi lobo una vez más. Es una mala idea. Ella es humana. Hermosa, frágil y quebradiza. En el mejor de los casos, la lastimaría. En el peor de los casos… la rompería.

Pero tengo que verla.

Tomo el ascensor hasta el sexto piso, el recuerdo de tocarla hace que mi pene se endurezca aún más. Gracias al destino nos quedamos atrapados juntos. Gracias al destino, no me di cuenta de cómo me llamaba su olor hasta después de que salimos del espacio cerrado. Solo años de control evitaron que mi lobo se hiciera cargo y la reclamara allí mismo. Control y estar tan jodidamente confundido.

Nunca antes me sentí de esta manera. No debería sentirme así. Especialmente por una humana.

Merodeo por el pasillo, ignorando la forma en que

todas las conversaciones de los empleados se detienen al verme. La mayoría de los días, doy la bienvenida a su nerviosismo. Satisface la parte depredadora de mí. Pero hoy tengo una presa diferente.

No necesito preguntar dónde está ubicada mi pequeña hacker. Su olor deja un rastro. Vainilla, especias y un sabor que no reconozco.

Mi cacería termina en un pequeño despacho sin ventanas. Kylie está sentada estudiando la pantalla de su computadora con una taza de café en los labios.

A pesar de que no hago ningún ruido, ya que los cambiantes caminamos mucho más silenciosamente que los humanos, ella gira la cabeza en mi dirección antes de que yo cruce la puerta, parpadeando como si no creyera que soy real.

—Señor King. —Gira su silla, pero no se pone de pie. A mi lobo le gusta que me haya perdido el miedo. Cruza sus largas piernas descubiertas y le agradezco a los dioses que lleve otra falda corta—. ¿O debería llamarte J. T.?

Así que todavía está molesta por mi pequeño engaño. Su voz tiene una nota de desprecio que ningún otro empleado usaría, y maldita sea, pero hace que mi pene se contraiga.

Verla me emociona, pero me permito solo una pequeña sonrisa.

—Puedes hacerlo.

Su mirada se dirige rápidamente a la puerta detrás de mí y, solo porque soy en parte lobo, reconozco una leve vibra de animal atrapado bajo su confianza. Como si le incomodara tener la única salida bloqueada. Debe ser parte de su claustrofobia. Entro al despacho y me alejo de la puerta para despejar la salida y ella se relaja.

Me apoyo contra la pared, cruzando los brazos sobre el pecho. Mi lobo quiere que hinche los músculos y salga corriendo a cazar para traerle un conejo para el almuerzo. «Abajo, chico».

Su olor me golpea con fuerza, provocándome el cosquilleo de la transformación. Lo contengo, con la esperanza de que mis ojos no hayan cambiado de color.

Ella arquea una ceja.

—¿Así te dicen aquí?

—No.

Deja la taza de café y se pone de pie. La falda le abraza el cuerpo ceñidamente, los tacones hacen que los músculos de las pantorrillas se destaquen con un marcado relieve. Una camiseta descolorida del Hombre Araña le cubre el pecho. Esta chica tiene un fetiche por los superhéroes.

«Lástima que yo sea el villano». Quiero sacarle la camiseta y pasar la lengua por ese vientre plano hasta las tetas firmes.

—Escucha, quiero disculparme de nuevo por lo que dije. No lo dije en serio. Estaba… celosa. —Suena sincera.

No esperaba otra disculpa. La postura de sus hombros dice que está a la defensiva, pero la suavidad en su rostro y voz me dice que en realidad está tratando de ser amable. Lo cual es… refrescante. Mis empleados, colegas de negocios, demonios, todos en mi vida me adulan o hablan mal de mí a mis espaldas. O ambos. Solo otros cambiantes son sinceros, pero las manadas de Arizona no me quieren, lo que es culpa mía.

—¿Celosa de qué?

Se encoge de hombros.

—Tu cerebro, supongo.

Otra sorpresa. La mayoría de la gente está celosa de mi éxito, mi dinero, mi poder. Parece que piensan que no me los he ganado. Que tuve suerte.

—Si te metieras en mi cabeza, no encontrarías mucho que valga la pena conservar —le digo. Solo una vida de culpa. Cualquier terapeuta diría que estoy compensando con mi obsesivo impulso profesional. Y si el psicoterapeuta supiera lo que hice para merecerme mi desprecio propio, me encerrarían. Pero no puedo deshacer mi error. No puedo resucitar a mi madre y la muerte de mi padrastro llegó demasiado tarde.

Kylie me estudia.

¿Qué ve ella? ¿Un friki gigante e incómodo? ¿Un tipo perturbador? ¿O ve al lobo en mis ojos, el depredador que quiere ponerla de rodillas y cogérsela hasta la inconciencia?

—Te gusta cómo programo. —Mi voz es ronca, gutural, muy cerca de la transformación.

—Así es. —Me da una sonrisa lenta y sensual, como si hablar de programación fuera un juego previo. Tiene los dientes perfectos y blancos y los labios, carnosos y brillantes—. Tus ojos son más claros de lo que recordaba.

Mierda.

Parpadeo rápidamente, reprimiendo la transformación.

—A veces cambian. —«No es mentira»—. He estado trabajando en un lenguaje nuevo. —Joder, esto sí que es una charla friki. Cuando me dé cuenta, le estaré contando la historia de cuando fui a un campamento de bandas.

Se le iluminan los ojos y avanza, invadiendo mi

espacio personal. Está tonificada y tiene piernas largas, pero sus tetas y su culo cabrían perfectamente en mis manos.

—Me gustaría que lo probaras por mí.

Por los dioses, ¿qué diablos estoy haciendo? Nunca dejo que nadie vea mi trabajo, especialmente un empleado nuevo del que no sé nada.

Ella se inclina más cerca.

—Me encantaría.

«¿Tiene los pezones duros?».

—Tendría que ser fuera de horario, en secreto. Sé que Stu tiene otros trabajos para ti.

—Claro, genial. —Al parecer, no la intimidan las horas extra. Definitivamente es una friki legítima.

—En mi despacho a las seis de la tarde. —Suena como una cita. También debe haberle sonado así, porque el olor de la excitación femenina llega a mi nariz.

Aprieto los puños y me clavo las uñas desafiladas en las palmas para evitar frotar su cuerpo contra el mío. La imagino desnuda, tendida en mi escritorio con las piernas bien abiertas.

«No, no, no, no». No puede suceder. Algunos lobos pueden tener relaciones sexuales con humanos, sin problema, pero no tendrían la necesidad de «emparejarse» con uno. Una humana no podría, no debería, inspirarme la necesidad de marcarla permanentemente con mi olor. Pero parece que esta sí. Y eso hace que coger con ella sea imposible. Porque no puedo marcarla sin causarle lesiones graves o la muerte.

Sus labios de bayas se abren, como si esperara un beso.

Doy un paso adelante.

—¿Estoy perdonada? —Su voz embriagante va directo a mi miembro.

La inmovilizo con una mirada fría.

—Ya veremos.

El olor de su néctar se hace más fuerte. A ella le gusta mi autoridad.

Me voy antes de levantarle la falda, arrancarle las bragas y enterrar la lengua dentro de ella.

«No va a pasar. No puede pasar».

Me alejo con el cuerpo tenso. Mi lobo quiere ser desatado.

Quizás necesito ir afuera. Uso el celular para llamar a mi secretaria.

—Vanessa, cancela mi cita. Voy a salir.

~.~

Kylie

«*Santas bolas chinas, Batman*». Jackson King siente algo por mí. ¿Por qué si no iba a aparecer, todo tosco e intenso, y me invitaría a su despacho?

Quiere mostrarme sus «líneas de código». ¿Es así como le dicen los chicos ahora?

Tal vez solo esté siendo amable, compensando su primera impresión. Tal vez quiere que yo, la empleada nueva, me sienta cómoda en mi primer día. Echarme una mano. O que yo le meta una en los pantalones. Jeje.

Pero no. No soy esa clase de chica. Ni siquiera he estado con un hombre. No leí *Consejos laborales para tarados*, pero estoy bastante segura de que dormir con mi jefe no es una buena idea.

Incluso si es Jackson King...

Después de unos minutos de soñar despierta, me sacudo.

«No, Kay-Kay», regaño a mi libido. «No estropees esto». Acabo de conseguir el trabajo de mis sueños. No más vida criminal o huir. No más esconderse, la única emoción de mi vida será descubrir lo que Mémé preparó para el almuerzo.

Y Jackson King probablemente sea un donjuán. Quizás por eso no hay noticias sobre una novia. Probablemente duerme con sus empleadas y les paga por su silencio. Malnacido.

Si tan solo no tuviera unos ojos tan bonitos. Pensé que eran verdes, pero hoy eran de color azul claro.

Tecleo en mi computadora, actuando como si estuviera ocupada en caso de que Stu me interrumpa. A pesar de que podemos enviarnos un correo electrónico o chatear a través de la intranet, suele visitar mi despacho. Todavía no he descubierto por qué estaba tan entusiasmado por contratarme. Las recomendaciones entusiastas de los profesores universitarios no parecen ser suficientes.

Abro Google para buscar sobre Stu, para ver si puedo aprender más de él, y termino escribiendo el nombre de Jackson King. Ahí está, sin sonreír como siempre, en una sesión de fotos para la revista *Wired*. Mira a través de la cámara, con su espeso pelo revuelto y la mandíbula tensa. Su típica postura de «déjame solo o muere».

Solo me hace querer acercarme más.

Solo unas horas más antes de que pueda ir a ver sus «líneas de código». Y realmente quiero sentarme y programar con él, incluso si eso significa horas extras no remuneradas. Tal vez sumergirnos en un proyecto termine con la incomodidad entre nosotros. Soy distante y sarcástica en la vida real, pero en línea, soy Gatichica. Salto entre edificios altos con un solo impulso. Resuelvo los problemas del mundo con un hackeo a la vez. Cuando mi papá estaba vivo, nos mudábamos mucho entre atracos, incapaces de permanecer en un solo lugar. La computadora era mi hogar. No conocí a mis amigos en el centro comercial. Los conocí en línea. Y la programación, los números simplemente tenían sentido. Un desafío y un consuelo al mismo tiempo. Algo sobre esconderse a plena vista.

Por alguna razón, creo que Jackson King lo entendería.

A las seis de la tarde, me levanto de la silla de un salto. El corazón me late con fuerza a un ritmo alegre mientras subo las escaleras hasta el octavo piso, el nivel ejecutivo.

Cuando salgo de la escalera, que me trae malos recuerdos, pero no tan malos como un ascensor, camino velozmente. «Actúa como si pertenecieras al lugar y la gente asumirá que sí lo haces». Mi padre daba mejores consejos sobre integración que cualquier libro de negocios. Como ladrón, lo sabría.

«Sí que pertenezco aquí», me digo a mí misma, mientras me dirijo al despacho de la esquina. «Por primera vez en mi vida pertenezco a algo».

La asistente ejecutiva de King está recogiendo sus

cosas, luego se pone una chaqueta liviana y se cuelga el bolso sobre un hombro. Es linda. Y tiene la blusa muy desabotonada.

«Santo escote, Robin».

Intento pasar de largo.

—Disculpa, ¿puedo ayudarte?

Giro con una sonrisa brillante.

—Por supuesto. Estoy aquí para ver al señor King.

La asistente niega con la cabeza, haciendo rebotar sus perfectos rizos rubios.

—No. No tiene ninguna cita.

—Sí que la tiene. Me pidió que viera unas líneas de código. —Le extiendo la mano, haciendo todo lo posible por parecer amigable, a pesar de la fría recepción—. Soy Kylie McDaniel, la nueva especialista en seguridad de información.

La joven vuelve a negar con la cabeza e ignora mi mano.

—No. No está en su agenda. Y al señor King no le gusta para nada que lo molesten. ¿Quieres que intente agendarte una cita? —Su voz tiene un ápice de duda.

La puerta detrás de ella se abre.

—Señorita McDaniel.

No debería haberlo hecho. Podría haber esperado hasta que la mujer se alejara y entrar de todos modos. Pero algo en mí busca una pelea.

Con los ojos pegados al rostro del asistente, le respondo:

—J. T.

La asistente abre los ojos como platos antes de tensar el rostro.

Afortunadamente, mi familiaridad excesiva no parece enojar a Jackson. No le da explicaciones a su secretaria, pero no tiene por qué hacerlo, es su empresa. Da un paso atrás y gesticula con impaciencia hacia su despacho.

Solo en él la autoridad se vería tan sensual.

—Encantado de conocerte —le digo a la asistente mientras me pavoneo.

Ella me ignora.

—¿Necesita que me quede, señor?

«No, gracias, no me gustan los tríos».

—No.

Así que también les da a otros las respuestas monosilábicas. Es bueno saberlo.

—Está bien, buenas noches —dice la secretaria, con un toque de desesperación en su voz.

Sin una palabra, cierra la puerta. No debería satisfacerme, pero lo hace. Y ahora estoy sola con Jackson King.

—Llegas tarde —gruñe King.

Se ha quitado la chaqueta y la corbata. Tiene el cuello de la camisa abierto y sus anchos hombros la llenan por completo.

—¿Estoy en problemas?

No responde, solo se arremanga.

«Santa sensualidad, Batman».

—Si me extrañas, estoy a tan solo dos pisos de distancia.

King gruñe en respuesta y acecha detrás de un gran escritorio de roble macizo con una butaca de cuero. Se retira, pero está nuevamente en una posición de poder. Dos sillas más pequeñas están frente al escritorio. Dejo mi bolso en una, pero no me siento. No soy una estu-

LA TENTACIÓN DEL ALFA

diante traviesa que tiene una cita en el despacho del director.

«Ahora, eso sí es una fantasía».

El despacho de King es impresionante. Dos paredes enteras con ventanas del piso al techo muestran una vista impresionante de las estribaciones de Catalina, que brillan de color rosa y violeta bajo el sol poniente.

—Tu secretaria sí que te protege. ¿Te la estás cogiendo? —Vaya, tal vez fui un poco demasiado directa. Pero si es un casanova y se aprovecha de todas sus empleadas, quiero saberlo.

—¿Disculpa? —Esa voz severa me insinúa que me calme. Lástima que solo me emociona más.

Me encojo de hombros.

—Parece celosa.

—¿Entonces concluyes que me la llevé a la cama?

Siento el rostro inundado de calor. Una vez más, las primeras palabras que salen de mi boca son totalmente inapropiadas. ¿Qué tiene él que saca a relucir mis pensamientos internos? Cuando estoy cerca de él, no puedo esconderme.

Inclina la cabeza hacia un lado.

—No creo que sea ella la que está celosa. ¿Qué pensaste que íbamos a hacer aquí, Kylie? —Me estremezco cuando dice mi nombre—. ¿Pensaste que íbamos a tener sexo?

—No. —Mi mentira no es muy convincente. Yo debería saberlo, me entrenaron para mentir—. Para nada.

Baja los ojos hacia mis pechos y enarca las cejas, como si estuviera señalando algo. Sus ojos son de nuevo azul claro, casi plateados. Los de Mémé también cambian de esa forma. A veces se ven de color chocolate, como los míos, otras veces son dorados.

Bajo la mirada. Mis malditos pezones están sobresaliendo tanto que se ven a través de mi sujetador y camiseta.

«Maldición».

Cruzo los brazos sobre el pecho para esconderlos.

—Mira, los dos somos adultos. Me invitaste aquí. Muéstrame lo que me vas a mostrar y te diré lo que pienso.

—¿Crees que estás lista para eso?

Me acerco al escritorio y planto las manos sobre él, inclinándome.

—King, he estado lista para ti toda mi vida.

Por un momento, King me mira. Se gira y se pone de frente para estar cara a cara. Parece más grande, más voluminoso. Su mirada arde sobre la mía, cono ojos azul hielo y un círculo negro alrededor.

Un olor almizclado me invade, picante y masculino. El pulso se me acelera cuando oigo un ruido sordo. Viene de King.

Me enderezo.

—¿Estás bien? Te ves…

—Esto no va a funcionar.

—¿Qué? —apenas logro decir, como si me hubiera dado un puñetazo en el estómago.

Cierra los ojos y los abre; se controla con visible esfuerzo. Ya sea por temperamento o atracción, no puedo estar segura. Me siento entumecida cuando regresa a la puerta, presumiblemente para que salga.

—Mira, lo siento. —Le toco el brazo. La electricidad me sube por las yemas de los dedos. King toma aire—. Me comportaré. Realmente quiero ver tus líneas de código.

Da un paso atrás para estar fuera de mi alcance.

—No. Esto fue un error.

—Dame otra oportunidad —le suplico—. Puedo ser profesional, lo juro.

Se vuelve y me golpea con toda la fuerza de su mirada. Sus ojos me recorren la boca, los pechos, a lo largo de las piernas descubiertas. Un hormigueo me recorre el cuerpo.

—Tal vez. Pero yo no.

Me estremezco de nuevo. Mis sentidos se ponen en alerta, el peligro se mezcla con la emoción. Hay un depredador en la habitación y tiene la mirada puesta en mí.

—Tienes que irte, Kylie.

«Ay». Ni siquiera su voz seductora puede suavizar el rechazo. Vuelvo hacia la puerta, tragando saliva. El aire en el despacho es eléctrico y se me erizan los pelos de la nuca.

Algo ha pasado entre nosotros. Algo que no entiendo del todo.

—Lo siento. —Busco más para decir—. No quise…

—No soy alguien con quien deberías estar a solas.

—¿Qué? No entiendo.

—Esto no es una buena idea. —Con la cabeza inclinada, el enorme cuerpo delineado en rojo por el sol poniente, Jackson King parece el héroe de un cómic, un ser de otro mundo.

—King —digo, y doy un paso hacia adelante.

Alza la cabeza y me inmoviliza con esos ojos azules ardientes.

—Vete.

Golpeo la puerta con la espalda y giro el pomo, sin querer apartar la mirada del feroz King. Con los músculos tensos y ojos cautelosos, se ve tan peligroso como sensual. Pero no tengo miedo. Quiero seducirlo.

Estoy loca. No sé nada de seducción. Estos sentimientos son una locura. Lo intento de nuevo, una última vez.

—Todavía quiero probar tus líneas de código. Podrías enviármelas por correo electrónico. O algo así.

—No —dice—. No puedo. —Tuerce los labios con una sonrisa miserable—. Vete. Ya. —Suaviza la voz—. Cuando todavía puedes hacerlo.

¿Qué quiere decir? No me quedo para averiguarlo. Jalo la puerta con demasiada fuerza y se cierra de golpe.

—Y quédate afuera —murmuro, con las mejillas ardientes.

Al menos su secretaria no está aquí para presenciar mi humillación.

Mientras me alejo, un sonido torturado sale del despacho de King. Un sonido inhumano. Casi como un aullido.

~.~

Jackson

ME QUITO la ropa en el estacionamiento y la tiro en el maletero. Es imprudente. Todavía hay autos en el estacionamiento y ni siquiera está oscuro todavía, pero tengo que correr. La luna está creciendo, lo que hace que mi lobo esté más ansioso de lo habitual. Ese es el problema. No esa pequeña humana embriagadora y tonta que dice las cosas como son.

El pecho me tiembla con un gruñido cuando pienso en el peligro en el que se encuentra Kylie. Mi lobo quiere protegerla de todas las amenazas. Pero, por supuesto, la única amenaza para ella soy yo.

Garrett me advirtió que esto podría pasar. El alfa de Tucson lleva su manada con mano dura. Sus lobos están todos sanos y bien adaptados. Él y yo tenemos una relación tenue: soy un lobo solitario al borde de su territorio. Garrett sigue extendiéndose. No solo para afirmar su liderazgo, aunque no sería un alfa si no lo intentara, sino para salvarme de la enfermedad de la luna. Los lobos, especialmente los lobos grandes y dominantes, pueden volverse locos si esperan demasiado para emparejarse. Si alguna vez muestro las señales, Garrett ha dejado en claro que acabará conmigo. Le dije que trajera a sus mejores luchadores para asegurarse de que pudiera terminar el trabajo.

No me importa tener una pareja. Demonios, ni siquiera quiero una manada, no después de que mi manada de nacimiento me desterró. Soy un lobo solitario, o lo sería, si no hubiera acogido a Sam. Pero eso era diferente. Sam me necesita y a mi lobo le agrada el chico.

A mi lobo le gusta mucho Kylie. Quiere que la reclame, pero reclamar a una humana es peligroso. Conozco las consecuencias de dejar correr mi naturaleza bestial. La gente sale lastimada.

No puedo permitir que eso le pase a Kylie.

Cierro los ojos y dejo que el calor me consuma. Las

células se rompen. Se reorganizan. Es indoloro, pero requiere concentración y energía. Poniéndome a cuatro patas, corro detrás de los autos, salgo del lote cubierto de paneles solares, hacia la tierra rocosa del desierto. Subo a trompicones la ladera de la montaña, corriendo para ponerme detrás de la cresta para cubrirme.

Con la nariz baja para seguir el rastro de un conejo, dejo que mi lobo gobierne. No soy más el director ejecutivo. No más empresas ni códigos. No más Kylie con ese olor embriagador y prohibido. El dolor de confusión en su rostro cuando le dije que se fuera…

Durante mucho tiempo, corro por la montaña, esquivando árboles y matorrales, estirando los músculos. El sol se esconde bajo el horizonte y la luna se eleva, reluciente y regordeta, e ilumina la ladera de la montaña.

Capto el olor de un lobo familiar un momento antes de ver un destello de negro y un par de ojos ámbar. Tenso las patas traseras y salto para enfrentar al otro lobo, tumbo al joven macho y le mordisqueo la oreja.

Sam es escuálido para ser un cambiante, pero igual es grande para los estándares de los lobos. Mi joven hermano de manada chilla y me mordisquea hasta que gruño y le muestro los dientes. Sam esconde la cola y gime, ofreciéndome su vientre y garganta.

Le lamo la oreja y dejo que el chico se ponga de pie. Los juegos de dominación y sumisión son solo eso entre nosotros: juegos. Es lo más parecido a diversión que me permito. Si no fuera por el niño, nuestra manada de dos, no interactuaría con nadie a nivel personal, ni humano ni cambiante. Pero Sam se niega a irse. Recuerda lo que es estar solo.

Alzo el hocico y salgo al trote, sabiendo que Sam me seguirá. Esta noche, correremos y cazaremos como lo hacíamos en las montañas de California, donde encontré a Sam hambriento y medio loco, casi había perdido su lado humano. Parece saber lo que no puedo explicar. Esta noche, soy yo quien necesita ser rescatado.

 *ylie*

HAN PASADO tres días y no he visto a Jackson King. No desde que me echó de su despacho. Tres días de revivir nuestra conversación una y otra vez. Me digo a mí misma que lo supere, pero he estado obsesionada con King por años y este enamoramiento ha florecido desde el encuentro en el ascensor.

El trabajo se prolonga. Stu me mantiene ocupada con la instalación de cortafuegos nuevos y otras cosas aburridas.

Mientras tanto, he estado usando faldas y tacones por si vuelvo a ver a King. No es que quiera impresionarlo. Solo quiero que ese grandísimo idiota vea lo que se está perdiendo.

Oh, ¿a quién engaño? Todavía quiero que se fije en mí.

Que entre a mi despacho y me gruña, que me incline sobre el escritorio, me levante la falda y… mmm.

«Santa cachondería, Batman».

—¿Kylie? ¿Estás bien?

Stu y el resto del equipo me miran del otro lado de la mesa de conferencias.

—Por supuesto. —Me incorporo y trato de recordar los últimos minutos de la reunión, pero todo lo que tengo son fantasías con Jackson King. «Maldita sea»—. No quise que se fuera al protector de pantalla. Debo necesitar más café.

Alguien se ríe de mi comentario sobre el protector de pantalla, pero no es un sonido agradable. Me tenso. Soy la más joven de este equipo, pero trabajo tan duro como cualquier otro. Quizás más.

Supongo que no encontraré a mi tribu.

—Estabas suspirando mucho. —Stu se niega a dejar el tema.

—Los tacones me están matando. —Lo cual no es mentira. Me los saco por debajo de la mesa y me froto los pies contra las patas de la silla. Mañana tengo que volver a la ropa normal de friki: vaqueros y zapatillas. Que se joda King. No me visto para ningún hombre.

La reunión termina y sigo escribiendo en mi computadora portátil, solo la cierro cuando Stu apoya la cadera contra la mesa frente a mí.

—¿Te estás adaptando bien?

—Claro. —Mantengo una sonrisa fría. Me agrada Stu, pero su constante revoloteo me está poniendo un poco de los nervios. Sigue tratando de ser amigable, pero tengo la sensación de que solo me quiere cerca porque cree que estoy buena.

Supongo que eso explica por qué quería contratarme.

—¿El jefe te hizo sentir mal? —dice Stu y me enderezo como si me hubiera arrojado agua helada.

—¿Qué?

—Sé que pasó por tu despacho hace unos días. No has estado tan feliz desde entonces.

«Santo acosador, Batman». Es verdad que no soy quién para juzgarlo, pero igual.

—¿Eres mi hermano mayor, Stu? ¿Siempre me estás observando?

—Eh, no. —Se ruboriza. Pobre tipo. Obviamente está interesado en mí, pero trata de mantenerse profesional. Que es más de lo que he hecho con Jackson—. Solo trato de mostrarte cómo son las cosas. Me siento responsable porque logré que te contrataran.

«Contrataste mis tetas». Mi yo sarcástica asoma la cabeza. «Mi cerebro es simplemente un complemento más».

—Sé que Jackson King es un gran nombre, pero no es un buen tipo. Es un patán, en realidad. Tiene fama de ser un grandísimo hijo de puta. Las chicas siempre se enamoran de él. —Ahora, Stu suena como un llorón y celoso—. Pero las trata igual que a cualquier otro empleado. Apenas dice una palabra que no sea grosera.

—Estoy bien, Stu. No fue grosero. Y me gusta trabajar aquí, hasta ahora.

—Pues, genial. —Stu mira de un lado al otro—. ¿Tienes planes para el fin de semana?

«Bostezo».

—Salir con mi novio —miento alegremente.

Stu se aparta de la mesa y se aleja de mí. Por supuesto, le he estado dando a entender que no estoy interesada desde hace días, pero ahora que él cree que un hombre me ha reclamado, finalmente está captando el mensaje.

«Imbécil».

—Bien —dice—. Bueno, me voy a la reunión con Finanzas. Estamos configurando un proyecto para probar su estructura antes de los próximos informes 10-Q. Que es en una semana. Puede que te necesite para eso.

—Excelente. —Finjo entusiasmo ante la promesa de horas extra y mentalmente paso a Stu de «imbécil» a «cabronazo».

—Bueno. —Stu levanta el maletín de su computadora portátil—. Voy al piso de arriba. ¿Quieres que te aguante el ascensor?

—No, gracias. —Reprimo una respuesta sarcástica—. Subiré por las escaleras. Necesito el ejercicio. —Dejo escapar un suspiro cuando finalmente se aleja.

—¿Stu te está molestando? —Una voz baja me hace dar un salto y casi derramar café sobre mí. King entra silenciosamente, con una apariencia como si estuviera listo para la portada de la revista *GQ*—. Hablaré con él si está siendo inapropiado.

—No. Está bien. —Dios mío, había olvidado lo anchos que son sus hombros—. Todo está bien. —Estoy balbuceando—. Solo es socialmente inepto. Todos los frikis lo son.

—¿Lo somos?

Arqueo una ceja.

—Especialmente tú. —«Mierda. Aquí va de nuevo el

suero de la verdad»—. La última vez que te vi, me dijiste que me fuera. Sin explicaciones ni nada. Me echaste y no me dijiste por qué.

—Sabes por qué. —Su voz profunda y tranquila hace que las mejillas se me ruboricen y se me caliente el coño.

Para ocultarlo, pongo los ojos en blanco.

—Stu me acaba de preguntar lo mismo de ti. Quería asegurarse de que no me molestabas o eras grosero. Al parecer, tiene bastante reputación, señor malote.

—¿Qué le dijiste? —Tiene la mandíbula más tensa de lo normal.

—Le dije que soplaste y resoplaste pero que no derribaste mi casa. Relájate. —Sonrío y eso parece aliviarle la tensión un poco—. Omití la parte donde me dijiste que no era seguro que me quedara. —Miro alrededor de la sala de conferencias vacía—. Lo cual me recuerda, dijiste que no deberíamos estar solos.

Un grupo de personas pasa por la puerta abierta, charlando en voz alta.

—No estamos solos. Y no deberíamos. —Deja la mirada fija sobre mí y el pelo despeinado le cae sobre la mejilla hundida. Debería ser ilegal que un hombre sea tan hermoso.

—Creo que puedo contigo. —«Tal vez».

Algo destella en su rostro, pero mira hacia otro lado.

—No sabes nada de mí.

—Sé que nunca has tenido novia —le espeto, principalmente para distraerlo del pensamiento que le provocó dolor en la expresión.

—Así me contaste. ¿Sigues acosándome, pequeña hacker?

—No. —«Sí».

Sonríe como si supiera que es mentira.

Le devuelvo la sonrisa.

—Gracias. Puedo con Stu. Pero es bueno saber que alguien me está cuidando.

—Si alguien te acosa, quiero saberlo. ¿Entiendes?

Me atraviesa una emoción, pero la escondo.

—¿La Mujer Maravilla hoy?

—¿Qué? —suelto, antes de darme cuenta de que está hablando de mi camiseta—. Ah, sí. Bueno, tú eres Clark Kent. —Asiento con la cabeza hacia su traje y corbata.

—Ay —hace una mueca—. Él era un nerd.

—Era Superman —lo corrijo—. Y tú eres un nerd.

Se encoge de hombros.

—Nerd multimillonario. —Esconde una sonrisa que amenaza con aparecer. Ya es atractivo; sería hermoso si sonriera—. Como Iron Man. O Batman. Es más de mi estilo.

—O Lex Luthor. Quizás no eres un héroe.

La sonrisa que acecha en la comisura de sus labios desaparece, para mi consternación.

—Sí —murmura—. Definitivamente soy el malo.

—Estaba bromeando. No eres un villano. —Me acerco, pongo la mano en su brazo antes de notarlo—. Actúas como un hombre grande y malo, pero sé cómo eres en realidad. Eres el que viene al rescate. Recuerdo lo que hiciste por mí en el ascensor.

—No —dice. Posa los ojos en mi mano y mi cara. La retiro y doy un paso atrás, sonrojándome un poco—. Estás equivocada.

Todo el cuerpo se me calienta por la cercanía. Sigue

rechazándome, pero el hecho es que todavía está aquí. Sé que siente algo por mí. Simplemente tiene demasiada integridad para actuar al respecto.

—¿Entonces por qué estás aquí? ¿Marcando tu territorio?

—¿Yo? Tú fuiste quien puso a mi secretaria en su lugar.

—No lo hice —farfullo, luego sonrío—. Eso fue solo una peleíta de gatas. Y se lo merecía.

Levanta las manos

—Está bien, gatita. Guarda las garras. —Con una leve sonrisa, se aleja, luciendo casi... ¿feliz?

«¿A qué se debió todo eso?».

~.~

Jackson

MI LOBO gime un poco mientras me alejo de mi pequeña superheroína, pero se comporta. Quería que cerrara la puerta y la marcara con mi olor para que la gente como Stu se mantuviera alejada, pero está satisfecho de que pudiéramos verla.

No debería arriesgarme a acercármele, pero no puedo evitarlo. Al menos me probé a mí mismo que podemos estar en la misma habitación sin saltarle encima. Me encanta que no tenga miedo a jugar conmigo.

«Eres Clark Kent».

Si tan solo supiera.

Paso del ascensor y subo las escaleras de dos en dos.

Mi secretaria me lanza una mirada de desconcierto cuando paso. Me doy cuenta de que la extraña sensación que tengo en el rostro es una sonrisa.

—¿Señor King? —Me doy la vuelta y me ataca el perfume de mi secretaria. La desventaja de tener un olfato agudo.

—¿Sí, Vanessa?

—Tiene una llamada de Garrett. No me dijo su apellido. No lo molestaría, pero usted dijo que lo transfiriera si…

—Ya lo atiendo. —Desde que Kylie se enfrentó a ella, mi secretaria ha estado cabizbaja. Todavía me pongo duro cuando pienso en el encuentro. Si Kylie fuera una cambiante, sería una hembra alfa. Perfecta para mi lobo. Lo suficientemente fuerte como para hacer frente a mi dominio, lo suficientemente sensual como para mantenerme a su merced. Lo suficientemente dulce como para mantenerme duro con solo pensar en meterle el pene. En largas noches corriendo bajo la luna llena. Solo nosotros dos al principio, pero, algún día, habría cachorros…

Sacudo la cabeza y contesto el teléfono. La luna debe estar enloqueciéndome si estoy pensando en cachorros.

—¿King? —El alfa de Tucson suena como si estuviera haciendo su voz más grave. A los veintinueve años, es uno de los alfas más jóvenes del país. Ayuda que su padre maneje una gran manada en Phoenix y respalde el reclamo del territorio por parte de Garrett—. Solo quería saber cómo estabas.

La mayoría de los alfas tienen una racha protectora. Garrett no es diferente. Pero no soy parte de su manada. Si algún alfa intentara reclamarme, me vería obligado a dejar en claro que no soy el lobo de nadie. Rápida y violentamente. Mi lobo tolera las llamadas ocasionales de Garrett porque ve al joven alfa como un hermano menor, un poco como Sam. Aun así, Garrett y yo somos cuidadosos en nuestras interacciones. En una lucha por el dominio, le ganaría, pero no tengo ningún interés en apoderarme de su manada. Y sería una lástima ganarle, porque me agrada el chico.

—Garrett —respondo—. Habrá luna llena esta semana.

—Por eso te llamo. Mi padre organizará unos juegos de apareamiento en un terreno de manada cerca de Phoenix. Quería invitarte a correr con nosotros.

—¿Vas a ir?

—Sí. Los chicos quieren oler algunas lobas. No quieren emparejarse, pero les gustaría echar un polvo. —Hay menos de veinte miembros en la manada de Garrett, todos hombres jóvenes y solteros, como él. Y todos viven en el mismo edificio de apartamentos. Es como una fraternidad.

—Te lo agradezco, pero no podré ir. Enviaría a Sam, pero le prometí que correríamos en nuestra propiedad.

—Papá dice que siempre eres bienvenido —dice Garrett afablemente.

Mi dinero es bienvenido. Apenas me toleran, con lo distante que soy incluso para un lobo solitario. Soy lo suficientemente dominante como para mantener mi territorio, pero eso no significa que quiera una manada. He evitado las reuniones desde que mi manada de nacimiento me desterró.

—No hay muchas mujeres solteras, pero es posible que encuentres una que te guste.

—Dile a tu papá que gracias, pero no. Tal vez en unos años, si Sam quiere una pareja. —No quiero insultar al alfa de Phoenix, pero creo que es mejor ser franco. Tal vez no sea el más políticamente sensible, pero soy lo suficientemente grande; la gente anda de puntillas a mi alrededor.

—Mira, King, me importa un carajo si te apareas o no. Obviamente, tampoco me he buscado una pareja. Pero tres machos de la manada de mi padre se han vuelto locos con la enfermedad de la luna en los últimos años. Es mi responsabilidad asegurarme de que al menos te mezcles con algunas mujeres, ya que no tenemos ninguna aquí.

Lo que realmente quiere decir es: «eres un lobo solitario que ha pasado de los treinta años y eres dominante, lo que te hace más susceptible a enloquecer por la enfermedad de la luna a menos que tengas una pareja».

Además, hay al menos una loba en Tucson. La hermosa hermana menor de Garrett estudia en la Universidad de Arizona, pero no puedo culpar al chico por dejarla fuera de la ecuación. No es que esté interesado en ella, de todos modos. La imagen de las tetas apretadas de Batichica de Kylie aparece en mi mente.

«No es una loba».

Garrett continúa:

—Voy a llevar a mi manada para darles a todos la oportunidad de al menos eliminar algo de tensión.

—No sabía que jugar al cupido era parte del trabajo de un alfa —digo arrastrando las palabras.

—Sé que tu lobo es dominante. Sin una manada qué liderar, debe estar muriendo por tener una loba a su merced.

Cada músculo de mi cuerpo se tensa al imaginarme que tengo a mi pequeña hacker a mi merced.

—Además, con las tasas de natalidad tan bajas entre los cambiantes, es bueno para la manada que el más dominante de nosotros se establezca y tenga cachorros lo antes posible. —Suena como su padre—. ¿Por qué posponerlo?

Me burlo.

—Dice el soltero eterno. ¿Qué, tu madre llamó pidiéndote nietos cachorros y decidiste pasarme el consejo?

Cualquier otro alfa podría erizarse y ofenderse por mi burla, pero Garrett no.

—Me atrapaste. —Escucho su sonrisa y es una buena manera de apaciguar a mi lobo, que está molesto por tener esta conversación en primer lugar—. Me imagino que, si pudiera embelesarse con publicaciones de tu boda en las páginas de chismes del periódico de los cambiantes, me dejará en paz.

—Ya te tengo. Lo pensaré para la próxima luna. Sam definitivamente debería buscarse una novia.

—Muy bien —ríe Garrett—. Te buscaremos. Nos vemos, King.

—Una cosa más, Garrett. —Dejo toda jovialidad. Con la atracción recién descubierta de mi lobo por una humana, de repente no estoy tan seguro de mi propia estabilidad—. Si alguna vez me vuelvo loco por la enfermedad de la luna, prométeme que protegerás a Sam. Y trae a toda tu manada para detenerme. Lo que sea necesario.

—Lo que sea necesario —promete Garrett. El silencio

se cierne frío y serio entre nosotros. Ambos colgamos sin despedirnos.

Tamborileo con los dedos sobre el escritorio, la advertencia es un peso en mi pecho. Garrett hizo lo correcto al plantear la enfermedad de la luna de la manera más discreta posible. Me molesta que este recordatorio me hiciera alejarme de Kylie. El animal dentro de mí es peligroso y solo busca un momento de debilidad para poder liberarse.

No pondré más a prueba mi control. No más juegos como el de hoy. Tengo que alejarme de Kylie. Por su propio bien.

Abro mi computadora portátil, listo para sumergirme en el trabajo, cuando el chat suena.

BATICHICAXTI: *Oye*

POR UN SEGUNDO, me quedo sin aliento, pensando que por fin he encontrado a mi némesis: Gatichica, la hacker que descifró mi código hace años.

Pero no. Es Batichica, con una B. Y está en nuestra intranet, la red privada que usan mis empleados. Excepto que solo permito conexiones con mi equipo ejecutivo. Lo que significa que me han hackeado.

KING1: *¿Quién eres?* —Tipeo, aunque ya lo puedo suponer.

BatichicaXti: *¿Quién crees que soy?*

Niego con la cabeza.

King1: *Lindo truco, gatita. Pero si tienes tiempo para hackear nuestra intranet, tendré que decirle a Stu que te dé más trabajo.*

BatichicaXti: *Solo te demuestro mi valía. Podrías enviarme las líneas de código que querías mostrarme*

EL CURSOR PARPADEA ANTE MÍ.

No es una buena idea. Quiero cuidarla, pero no puedo. Hoy tuve un momento de debilidad. Me pasan demasiado cuando estoy cerca de ella. Me guste o no, soy peligroso. Mortal. Ella cree que no soy un villano.

Está equivocada.

Apago la computadora. Es hora de otra carrera.

~.~

Kylie

DESPUÉS DE UNA hora esperando la respuesta de King, apago la computadora portátil y me dirijo a casa. No debería haberlo provocado de él de esa manera. Estaba presumiendo y, si no tengo cuidado, él podría conectar los puntos algún día y descubrir que soy Gatichica.

Qué hombre tan exasperante. Un día creo que me inclinará sobre el escritorio y me cogerá hasta dejarme sin aliento y al siguiente me echa de su despacho. Luego vuelve a coquetear conmigo. Y luego me ignora en línea. No puedo seguirle el ritmo.

«Santos mensajes confusos, Batman», murmuro al cerrar la puerta principal y me quito los tacones. Una cosa es segura, no volveré a usar estos zapatos para él.

—¿Mémé? ¿Estás en casa?

Una nota en la mesa con los garabatos descabellados de mi abuela me dice que ha ido a la tienda, así que recojo el correo y saco el gran sobre manila sin remitente. Inserto el pulgar en la pestaña y lo abro.

Surge un grueso paquete de papeles con una carta de presentación mecanografiada.

«Ay, mierda».

El corazón me deja de latir.

Sabemos quién eres, *Gatichica, y tenemos pruebas para encerrarte.*

Para garantizar nuestro silencio, tienes veinticuatro horas para instalar el código en esta memoria USB en la unidad principal de SeCure.

Si no cumples, si corrompes los archivos en la memoria USB de alguna manera o si hablas de esto con alguien, enviaremos este paquete a tu nuevo empleador y al FBI.

«No».

Me esfuerzo por respirar mientras hojeo el resto de las páginas del paquete. Incluyen toda la evidencia de mi irrupción en SeCure hace años, así como identificaciones y fotos mías y de mis padres con varios alias.

Ninguno con mi nombre real.

Demonios, hasta yo lo he olvidado.

Me palpita la cabeza y la habitación gira. Alguien me encontró. Quizás no fue él, pero esta es una gran amenaza.

Lo primero es lo primero. ¿Hay algo en este paquete que pueda llevarme a la cárcel?

Hojeo las páginas de nuevo.

No. Pero levantará sospechas. SeCure me despedirá, desde luego. Perderé la oportunidad de trabajar con Jackson King, no es que parezca que estaríamos trabajando de cerca, pero aun así. Adiós a mi oportunidad de ser normal.

Pero no puedo hacerlo y quedarme. Si me rindo ante estos tipos, seré su perra para siempre. A continuación, me pedirán que hackee la bóveda de tarjetas de crédito. Luego otro lugar. No puedo hacer eso. Tengo que desaparecer. Como lo he hecho un millón de veces antes.

Me dirijo a la habitación, agarro una maleta del armario y la tiro sobre la cama. Sin pensar, mis manos se mueven, empacando lo necesario. Ropa negra, un par de cada cosa. Una simple bolsa de artículos de tocador.

Huyo de nuevo. No importa cuánto intente superar a Gatichica y el legado de mis padres, el pasado siempre me alcanza.

Pero ¿y Mémé? Nos hemos mudado tantas veces que no quiero volver a llevármela al camino. Esta vez, nuestras vidas no están en peligro. No es justo hacer que recoja sus cosas y se mude. ¿Puedo dejarla?

Es la única familia que tengo. Dejarla para mantenerla

a salvo se siente como lo que mi padre me hizo cuando trató de meterme en un internado después de que mi madre murió. No lo dejé hacerlo y apuesto a que a Mémé tampoco le gustará quedarse atrás.

Bien, ambas nos mudaríamos. Mémé puede hacer sopa en cualquier lugar.

Tenemos que huir. Tenemos que escondernos. ¿Qué otra alternativa tenemos?

Hasta aquí mi oportunidad de ser normal.

Abro una gaveta. La camiseta de Batichica me mira fijamente.

—No puedo —digo—. No soy una superheroína.

«Definitivamente soy el malo», me dijo Jackson. Si tan solo supiera. Soy su archienemiga, por muy malo que sea. Pensé que estaba libre de mi antigua vida. Pensé mal.

En el pasado, intentaba solucionar cualquier problema, ya fuera mío o de mi padre. Estuvimos juntos en esto. Siempre a la fuga, pero juntos. Me había sentido segura. Poderosa, incluso. Pero el Louvre destruyó eso. Apuñalado frente a mis ojos, mi padre se fue para siempre. Casi muero en ese conducto de aire acondicionado, asfixiada por mi propio pánico. Nunca me he vuelto a sentir segura en un espacio pequeño.

Excepto en el ascensor, con King.

Recuerdo la presión de sus brazos a mi alrededor, cómo activó el reflejo de calma. Lo investigué cuando llegué a casa. Todo lo que encontré fue una referencia a las posturas de yoga que implican bloquear el mentón en el esternón para calmarse.

Las grandes manos de Jackson habían sido mucho

mejores que una pose de yoga. Irradiaban calidez y seguridad.

«Si alguien te acosa, quiero saberlo».

No es real. No es seguro. No puedo confiar en él.

¿Pero y si puedo?

Vuelvo a meter los papeles en el sobre, escribo una nota rápida para Mémé y corro a mi habitación a buscar un nuevo atuendo antes de que pueda cambiar de opinión.

He construido mi vida sobre mentiras.

Tal vez es hora de intentar con la verdad.

~.~

Jackson

La luna brilla plateada, iluminando la ladera de la montaña. Por lo general, corro y cazo la mayor parte de la noche cuando la luna está casi llena, pero mis instintos me gritaban que debía volver temprano. Tampoco fue por la lluvia.

Sam me persigue, mordisqueándome las patas traseras, pero me doy la vuelta y le gruño al lobo joven, lo que hace que esconda la cola y gimotee. No quiero la compañía de Sam, nunca la quiero, pero el niño se ha proclamado a sí mismo como mi sombra permanente. Cuando llegamos a la parte trasera de mi propiedad, ambos nos congelamos. La lluvia hace que sea imposible oler algo, pero el tono agudo establecido en una frecuencia que solo registran los caninos nos dice que mi sistema de alarma se ha disparado.

Sam gruñe y el labio superior se le levanta para mostrar los colmillos. Carga hacia adelante y dobla la esquina.

Corro adentro, a través de la puerta para perros en la parte de atrás, para revisar el interior. No huelo nada inusual. Me muevo y me pongo la ropa mientras corro hacia la sala de control para ver la transmisión de seguridad.

Una bicicleta solitaria está apoyada fuera de las puertas de hierro que rodean el frente de mi propiedad y una pequeña figura oscura camina penosamente a través de la lluvia hacia mi puerta principal. Un gruñido reverbera, bajo en mi garganta.

«¿Quién carajo…?»

Sam llega a toda velocidad, con los colmillos relucientes y salta por el aire, sus patas delanteras aterrizan en los hombros del intruso y lo derriban al suelo.

«Toma eso, hijo de puta».

Con una furia oscura bombeando por mis venas, salgo de la sala de control para enfrentar al invitado no deseado. Bajo los resbaladizos escalones corriendo y cruzo la grava empapada por la lluvia.

—Cálmate, Cujo. —El sonido tembloroso de su voz me sorprende como un cable de alta tensión.

«Kylie».

Una oleada de miedo me sacude el cuerpo.

—Fuera. Abajo, ya —le espeto.

Sam no se mueve, su lado de lobo no da paso a la razón humana; su instinto de proteger y defender su propio territorio es demasiado fuerte. Gracias a los dioses, Sam no le ha desgarrado la carne.

Mi pequeña hacker es inteligente, se ha quedado perfectamente quieta debajo de Sam.

Agarro a mi hermano de manada por la nuca y se lo retiro de encima.

—Dije «fuera».

Sam sacude la cabeza y esconde la cola al oír el tono enojado de su alfa. Da unos pasos hacia atrás.

Miro a nuestra intrusa. Incluso empapada, con una sudadera y vaqueros, es hermosa. Yace en el barro, sin parecer tan asustada como debería estarlo.

—¿Qué diablos estás haciendo aquí?

Ella gime y comienza a moverse, pero hace una mueca y se toca la parte de atrás de la cabeza.

Pues, joder. Cerca de ella había una roca de buen tamaño. Debe haberla golpeado cuando Sam la derribó.

—Tenía que hablar contigo —gruñó.

A cualquier otra persona la hubiera destrozado ahí mismo, mientras está sobre la tierra a mis pies. Pero no a Kylie. Ese nuevo y extraño calor punzante se apodera de mí y me grita que la proteja, de Sam, de la lluvia, de la roca, de mí.

La levanto del suelo y la pongo de pie, olvidándome de fingir que pesa mucho.

Los ojos se le ponen en blanco, desenfocados, como si el movimiento le doliera en la cabeza.

—Ugh. Vaya.

Extiendo la mano y toco la parte de atrás de su cabeza, buscando con los dedos hasta encontrar el chichón en crecimiento.

Se estremece cuando lo toco.

—Estás herida. —Me giro y fijo la mirada en Sam, que agacha la cabeza.

Ella también mira a mi compañero de casa.

—Menos mal que estabas por aquí o creo que Cujo me habría comido. ¿Siquiera es un perro?

—Es mitad lobo.

—¿Mitad lobo, mitad qué? ¿Gárgola?

Reprimo una sonrisa. Me encanta que saque el ingenio irónico a pesar de la herida. Pero entonces, es su mecanismo de defensa predeterminado, como descubrí en el ascensor.

La estudio. Debería llamar a la policía o asustarla de alguna manera para que respete mis límites.

—¿Vas a decirme por qué demonios irrumpiste en mi casa?

Ella pone los ojos en blanco.

—Por favor, si estuviera irrumpiendo en tu casa, no dispararía las miras láser para anunciar mi presencia. Disculpa, pero no vi el timbre ahí fuera.

«¿Qué mujer sabe sobre sistemas de seguridad láser? ¿Y no grita cuando un lobo gigante la clava en el suelo?»

—No recuerdo haberte invitado. ¿Cómo diablos me encontraste?

—Soy una hacker, ¿recuerdas?

—O una acosadora.

—Es lo mismo. —Lleva una mano al frente de la sudadera y oigo el crujir del papel—. Tengo algo que enseñarte. No podía esperar hasta mañana.

La tomo del codo y la conduzco por los resbaladizos escalones de baldosas italianas y dentro de la mansión.

Kylie se mueve rígidamente, como si algo más que la cabeza le doliera del ataque de Sam. No le impide mirar por mi casa mientras la acompaño al baño de visitas en el segundo piso. De alguna manera, dudo que ella se haya perdido de algo. ¿Por qué está aquí?

La dirijo a través de la puerta del baño. Tenía la intención de darle una toalla y dejarla limpiarse, pero me encuentro agarrándole el dobladillo de la sudadera empapada.

—¿Qué estás haciendo?

Jalo la tela hacia arriba.

—Te quito la ropa mojada.

Las mejillas se le oscurecen, haciendo que los ojos le brillen. Mechones del pelo castaño mojado se aferran a su mejilla y cuello y una gota de lluvia le corre por la garganta. Quiero lamerla.

Ella relaja los brazos y sigue el movimiento de la sudadera, dejándome que se la saque por la cabeza sin protestar.

El pene me palpita dolorosamente contra la cremallera de los vaqueros cuando le veo la piel. Le quito la camiseta que lleva debajo de la sudadera y se queda de pie con nada más que un sujetador rojo de encaje y vaqueros mojados.

El pecho le sube y baja y mantiene la mirada fija en mi rostro, como si esperara a ver qué hago a continuación.

¿Que haré?

Sé lo que quiero hacer. Quiero arrancarle esos vaqueros apretados y empapados e inclinarla sobre la encimera del baño. Quiero penetrarla por detrás tanto como quiero entrar en esa cabeza inteligente suya y descubrir qué es lo que le mueve el piso a esta hembra singular. Y maldita sea, sí, quiero hundirle los colmillos cubiertos de suero en la piel y marcarla para siempre como mía.

Lo que no puede suceder.

Dejo caer la sudadera al suelo y vuelvo a oír el crujir del papel.

Kylie se enfoca en la ropa desechada y se lanza hacia ella, rompiendo la mirada fija entre nosotros. Atrapada entre la capa de la camiseta y la sudadera hay una carpeta de manila, que ella recupera y abraza contra su pecho, ocultando esas perfectas tetas de mi vista.

Ella se lame los labios secos.

—Señor King, antes de compartir esto contigo, solo quiero decirte que, cuando hice lo que hice, era una adolescente arrogante que intentaba demostrar mi valía a mí misma y al mundo de los hackers. Nunca robé los números de las tarjetas de crédito de nadie y nunca vendí información. Fue simplemente un…

Al entender lo que me está diciendo, siento como si me hubieran dado un puñetazo en el estómago.

—Gatichica.

Por supuesto que es la maldita Gatichica. La única persona que ha hackeado mi código. No es de extrañar que estuviera nerviosa por la entrevista en SeCure. ¿A qué diablos estaba jugando al aparecer en mi sede, en mi casa, por el amor de Dios?

La única brecha de seguridad que me atormentó durante los últimos ocho años acaba de estallar frente a mí. De nuevo.

Le arrebato la carpeta de manila de las manos y tiro el contenido en la encimera del baño.

—Lo siento. —Su voz suena baja.

«Maldita sea».

Odio escucharla tan rebajada, incluso para mí, un alfa natural que exige sumisión de todos. Incluso cuando estoy cabreado con ella.

—¿Qué carajo es esto?

Doy vuelta a la pila de papeles y leo el primero. «Joder, no». La rabia se convierte en un sentido de conciencia más letal.

«Chantaje».

Alguien quiere sabotear SeCure.

¿O es un juego elaborado que está jugando Gatichica? Porque cualquiera tan brillante como ella podría tener una estrategia invisible en este punto.

El problema de esta chica y mi juicio de ella se han visto empañados por la lujuria.

Está perfectamente quieta, con las pequeñas manos apretadas en puños.

—Lo siento —repite.

Vuelvo a tirar los papeles en la encimera.

—¿Qué carajo? ¿Qué quieres? ¿Por qué estás aquí en verdad?

Odio ver lágrimas en sus ojos, pero reprimo el instinto de abrazarla o matar a sus enemigos. No se puede confiar en esos instintos.

Ella niega con la cabeza.

—Nada. No quiero nada. —La voz le tiembla con la primera palabra, pero luego recupera el control—. Pensé que, si yo misma confesaba, los imbéciles perderían su influencia. No quiero negociar con terroristas, ¿sabes? Te acabo de ofrecer toda la información que necesitas entregar al FBI para armar un caso en mi contra. Obviamente, espero que te conformes con mi renuncia.

—No —gruño, sorprendiéndome a mí mismo al hablar antes de saber lo que iba a decir.

Pero no voy a dejarla ir tan fácilmente. En mi mundo, en la comunidad de cambiantes, las transgresiones se tratan de frente. No son manejadas por policías ni renuncias. El castigo es rápido, generalmente físico. O bien, se exige, se ofrece y se acepta una recompensa.

Ella se estremece y deja caer los delgados hombros.

—¿Qué vas a hacer? —Su voz suena áspera.

La sangre se precipita a mi miembro ante la idea de castigarla. Firmemente. Bajo la voz a un nivel peligroso.

—¿Qué crees que debería hacer?

—Pues… —Se humedece los labios carnosos y la inteligencia regresa a su rostro—, si yo fuera tú, me gustaría atrapar a estos cabrones. Así que podrías usarme como señuelo.

Maldita sea, casi confío en ella. Un error enorme.

—Sabes, puedes vigilarme de cerca para asegurarte de que no haga nada malo, pero espera a ver quién hace contacto y así detener a estos tipos.

«Sí, te vigilaré de cerca».

Vigilaré la forma en que esas copas del sujetador de encaje rojo le alzan los senos firmes. Vigilaré el olor de su excitación, la forma cambiante de esa boca exuberante, de esos Labios besables.

—Ya veo. ¿Y cómo debería castigar tu mala conducta anterior? —Mi voz es definitivamente profunda y ronca. Si no sabe lo que estoy pensando, entonces es completamente inocente.

Pero se le dilatan los ojos y los pezones se le asoman por encima de la tela del sujetador. «Así es, nena».

—¿No habrá piedad para la gatita? —Se queda sin aliento con la palabra «gatita», que la hace sonar veinte veces más sensual.

—Así es. —La giro y la inclino sobre la encimera. Hago chocar la palma con el bolsillo mojado de sus vaqueros antes de que mi cerebro entienda el plan. Hace un chasquido fuerte, satisfactorio en todos los niveles. Se me endurece el miembro con su jadeo.

Kylie mueve la cabeza y me mira por encima del hombro, mostrando los dientes. A ella le gusta esto. A juzgar por el olor de su excitación, le gusta mucho.

Azoto la otra nalga, más fuerte.

Joder, quiero arrancarle esos vaqueros mojados, averiguar de qué color son las bragas que está usando antes de romperlas también. Pero si le veo el culo desnudo, no habrá forma de contener a la bestia. Incluso este contacto leve por encima de la ropa me tiene más duro que una maldita piedra y con los dientes afilados.

Como ella no se asustó, la sigo azotando con nalgadas fuertes que hacen eco en la baldosa italiano.

—¿Me hackeaste, Gatichica? —La azoto una y otra vez—. ¿Cuántos años tenías? ¿Como doce?

—Quince —jadea—. Nunca robé nada, lo juro, uf.

El último sonido que sale de sus labios suena demasiado como si me la estuviera cogiendo en lugar de azotarla, y se me oscurece la visión, el lobo lucha para hacerse cargo.

Dejo de azotarla, batallando para ralentizar mi respiración. Le dejo la mano sobre trasero, porque, bueno, la idea de no tocarla me mata.

—¿Solo querías ver si podías hacerlo, nena? —Ahora que no es un secreto, el hecho de que ella sea Gatichica me excita aún más. Esta chica me hackeó cuando era adolescente. Es una puta genio y su cerebro me tiene casi tan loco como su cuerpecito voluptuoso.

Mis ojos se encuentran con los de ella en el espejo. Tiene el rostro sonrojado, los ojos dilatados y vidriosos. Extiendo la mano y le agarro el pecho derecho, lo aprieto y la jalo para que esté de nuevo contra mi pecho.

—Chica mala —le susurro al oído y ella deja escapar el gemidito más lindo.

«Tengo» que cogérmela. Es decir, me voy a morir si no le meto el pene ahora. Necesito poseerla por completo. Castigarla con el polvo más duro de su vida hasta que grite mi nombre y entienda que soy el único macho que alguna vez descifrará su maldito código. Luego comenzaré de nuevo, lentamente. La lameré para borrar el dolor. Haré que acabe una y otra vez hasta que llore.

Pero no confío en mi control cuando estoy con ella, así que me conformo con darle la vuelta, levantarla por la cintura y colocarla sentada en la encimera.

—¿Te gustaron los azotes, nena?

—S-sí.

Amo su honestidad. Le separo las rodillas y paso el pulgar por la costura de los vaqueros, justo sobre su coño.

Arquea el cuerpo hacia mí y me agarra por los hombros, con la cabeza hacia atrás.

—Jackson… —susurra.

Empujo el duro pliegue de tela contra su entrada, frotándola hasta el clítoris.

Ella se estremece y deja escapar un grito de necesidad. Baja las manos y me cubre la mía, instándome a darle más.

Mis facultades mentales desaparecen. Le abro de un tirón el botón de los vaqueros y le bajo la cremallera, separando las dos piezas.

Bragas a juego. Encaje rojo, como el sujetador. Lo sabía.

Mi satisfacción es efímera porque una tormenta de rabia la contrarresta.

—¿Quién te ha visto con estas, nena?

—¿Q-qué?

—¿Quién te ha visto con estas lindas bragas? —Me le acerco a la cara, mostrando los dientes—. ¿Para quién las usas?

Me empuja por los hombros, pero, por supuesto, no me muevo. ¿La fuerza de una hembra humana contra el macho alfa cambiante? Incomparable.

—¿Qué pasa, Jackson? —Veo miedo real en sus ojos y me cae como una bala. El destello de ira se evapora, reemplazado por la necesidad de calmar y proteger a mi hembra.

«Mierda». Ya la considero mi hembra.

Apoyo la frente contra la de ella.

—Lo siento —murmuro—. ¿Está mal querer matar al tipo para el que te compraste eso?

Ella deja escapar una risa temblorosa.

—Estás loco.

Como soy un desgraciado terco, espero, todavía queriendo que ella responda la pregunta.

—Nadie las ha visto —murmura.

Por todos los cielos, ¿se está sonrojando? Tal vez sea más inocente de lo que pensaba.

—¿Nadie? —No puedo evitar la incredulidad en mi tono.

Ella me empuja de nuevo, pero ya he vuelto a mi propósito original. Con un brazo alrededor de su cintura, la levanto de la encimera para ponerla de pie y hundir los dedos en sus pantalones y bragas.

«Oh, sí».

El calor húmedo de su sexo me baña el dedo, infligiéndome un latigazo de lujuria tan fuerte que tengo que respirar profundamente.

—Jackson.

—Sí. —Ella me puede llamar por mi nombre con esa voz ronca siempre que quiera.

Froto el dedo medio a lo largo de su sexo mojado, esparciendo la humedad hasta el capullo hinchado de su clítoris.

Todavía estoy pensando sobre por qué se ruborizó. ¿Le da vergüenza no haber estado con nadie recientemente? Teniendo en cuenta la forma en que se aferra a mi cuello y gime en el momento en que le toco su coñito perfecto, creo que es una posibilidad clara.

Un ridículo orgullo masculino me atraviesa. Voy a ser yo quien la satisfaga. Me obligo a reducir la velocidad mientras le dibujo círculos en el clítoris y bajo la mano libre para agarrarle el trasero y acercar su pelvis.

Ella menea las caderas sobre mi dedo.

—Eres una chica codiciosa —murmuro. Si le hubiera

quitado las bragas, le habría dado una palmada en el coño, pero está demasiado apretado.

Se le entrecorta la respiración cuando meto un dedo dentro del estrecho canal. Hago que la palma de mi mano le frote el clítoris.

Se pone de puntillas y me araña la nuca, clavándome las uñas de la misma forma que una mujer cambiante marca a su pareja. Se me afilan los dientes y aprieto los labios para mantener la boca cerrada y evitar marcarla.

Ella mueve la pelvis hacia adelante y hacia atrás con embestidas codiciosas.

Introduzco un segundo dedo dentro de ella.

—Estás tan jodidamente apretada.

Se pone un poco rígida, aunque lo dije como un cumplido, pero le acaricio la pared interna y toco su punto G.

Ella aprieta los músculos y se pone aún más húmeda.

—Maldición… no… quiero decir, sí. ¡Ay, por favor! —Se cuelga de mi cuello, presionando los pechos contra mí mientras impulsa las caderas sobre mis dedos.

Me siento como un lobo púber, preparado para acabar en mis pantalones. Pero esto es para ella, no para mí. Entro y salgo de ella, dejando que los nudillos opriman con fuerza hasta que chilla y aprieta la parte interna de los muslos. Sus músculos internos se contraen y ella acaba sobre mis dedos en la exhibición más caliente de orgasmo femenino que jamás haya visto.

«Yo hice eso». Mi lobo sonríe con satisfacción.

Cuando el orgasmo se desvanece, saco los dedos y le reclamo la boca, le abro los labios con la lengua. Le coloco una mano en la nuca para tomarla como rehén y subyugarla, ordenarle que se someta.

Ella lo hace. Abre la boca, presiona su cuerpo sinigual contra el mío y me devuelve el beso.

«Maldición».

Con gran esfuerzo, rompo el beso.

Ella me mira, bellamente despeinada por la lluvia y mi ataque.

—¿Esto significa que estamos bien? —Suena sin aliento.

—Ni siquiera un poco, nena. Estás en deuda conmigo y tengo la intención de cobrar.

Baja la mirada hacia mi erección.

—¿Cómo? —No espera la respuesta, sino que se deja caer de rodillas.

El crujido del piso de madera en el pasillo me hace maldecir por dentro. La pongo de pie antes de darle un espectáculo a Sam. ¿Por qué diablos no cerré la puerta del baño?

Aunque el sonido es tan bajo que pensé que no lo oiría, Kylie se sobresalta y estira el cuello para ver por encima de mi hombro. Cada célula de mi cuerpo me grita que alcance el pomo de la puerta, la cierre y le diga que por favor continúe.

Pero no, Kylie es humana. Y mi empleada. Porque yo dejo que sea así, para que esté donde pueda vigilarla.

«Mantén a tus enemigos más cerca».

Ya he ido demasiado lejos con ella. Si voy un poco más lejos, la marcaría y entonces tendría un mundo de problemas nuevos en mis manos.

Obligándome a contenerme, saco una toalla limpia del armario y se la tiro.

—Métete en la ducha y caliéntate. Te buscaré ropa seca.

Le doy la vuelta, la empujo hacia la ducha y le doy otro azote a ese trasero con forma de corazón.

Ella hace un ronroneo bajo desde la garganta y mira por encima del hombro con lujuria.

Reprimo un gemido. Necesito toda mi fuerza de voluntad para dar la vuelta, salir y cerrar la puerta detrás de mí.

CAPÍTULO CUATRO

 *inrummy*

Le suena el teléfono celular. Son las ocho de la noche y todavía está en SeCure, pero eso no es inusual. No es inusual que la mitad de los empleados estén allí. Trabajan bajo horario flexible y muchos programadores trabajan mejor por la noche.

El señor X lo está llamando.

Sí, en serio. El cabrón se hace llamar «señor X».

No sabe cuántas personas tiene debajo o detrás de él. Hizo su mejor esfuerzo y todo lo que se le ocurrió fue que el señor X no existe. Es parte de una poderosa red de crimen organizado.

Pues, lo que sea. Haría su parte del trabajo y se convertiría en un hombre rico. Tal vez incluso le advertiría a Kylie que se escondiera antes de que el FBI la atrapara. O no. Todavía no ha tomado una decisión sobre ella. Se siente más atraído y repelido por ella ahora que la ha conocido en persona.

Contesta la llamada.

—¿Qué pasa?

—Parece que tu amenaza no fue lo suficientemente convincente.

No es una sorpresa. Es Gatichica, después de todo.

—¿Cómo lo sabes?

—Sus maletas están empacadas. Sin embargo, recogimos a la anciana con la que vive. Nos encargaremos de ahora en adelante.

Se le detiene la respiración y se siente mal del estómago. «O sea, obvio». Por supuesto, estos tipos no descartarían los secuestros. Dios, probablemente tampoco descarten los asesinatos. Un escalofrío le recorre las extremidades. ¿Qué harán con la anciana? ¿Qué harán con Kylie?

«Mierda».

No quiere ser parte de todo esto. Pero sí quiere los cincuenta millones de dólares y el pasaje seguro fuera del país que le prometieron. Y es por eso que se ha asociado con hombres como el señor X. Están dispuestos a hacer las cosas sucias. Todo lo que él tenía que hacer era escribir el código.

Y es demasiado tarde para echarse para atrás. Sí, tiene el presentimiento de que la única forma de salirse de esto ahora es con una bala en la cabeza.

~.~

Kylie

ME TIEMBLAN las piernas cuando entro a la ducha. Puede que todavía esté mojada, pero estoy segura de que ya no tengo frío. «Santa cogida con los dedos, Batman». Y ahora veo la ventaja de tener una pareja sexual real. Te hacen cosas que no sabías que eran posibles.

Todo este tiempo me había contentado perfectamente con ver porno y usar a mi novio de baterías. Me saco los vaqueros mojados y me quito el sujetador y las bragas.

«¿Quién te ha visto con estas lindas bragas?»

¿De verdad se enojó por algún hombre imaginario? Un escalofrío me recorre y me coloco bajo el chorro de agua. ¿Es eso una gran señal de advertencia? Tal vez esté tan perturbado como lo había retratado en el ascensor. ¿Me tendría encerrada en un armario para azotarme luego?

Dios mío. La sola idea de estar confinada en un espacio pequeño hace que el plexo solar se me tuerza. Borro el pensamiento, centrándome en cambio en la parte de los azotes.

Me «azotó».

Una sonrisa me aparece en la cara y llevo una mano atrás para tocarme el trasero, que arde un poco bajo el chorro de agua tibia.

«Rico».

En serio, eso fue lo más caliente que me ha pasado.

De acuerdo, sí, es la única cosa caliente que me ha pasado en la vida.

Aún no me han desflorado. He tenido una vida tan extraña que nunca pude confiar en nadie. Comencé la universidad a los dieciséis años, tuve algunas relaciones insatisfactorias en las que abandoné mi objetivo de perder la virginidad y en su lugar hice mamadas. Así que sí. Esa es mi vida sexual en pocas palabras.

Una completa virgen a quien Jackson King la cogió con los dedos en el baño después de confesar que lo hackeó de adolescente.

El hecho de que me satisficiera a mí y no a él mismo es un argumento en contra del factor perturbador. Pero, ¿quién o qué lo detuvo cuando estaba lista para hacerle sexo oral? Oyó algo en la casa.

¿Tiene un compañero de casa? ¿Una novia secreta? ¿Ama de llaves? ¿Un chico que limpia la piscina?

Aunque no disfruté de ninguna de mis primeras experiencias con hombres, estaba totalmente lista para dejar boquiabierto a Jackson. Se me hizo la boca agua por saborearle el pene, por darle placer como una estrella del porno.

Ojalá haya otra oportunidad. Me paso las manos por el trasero de nuevo, repitiendo los azotes. Apoyando la frente contra la baldosa, llevo los dedos a mi entrepierna.

«Ohhh». Nunca había estado tan resbaladizo e hinchado. Me imagino que Jackson entra a la ducha conmigo y su enorme cuerpo me apiña contra la pared. Me ordena que ponga las manos en la pared y me da nalgadas hasta que le pida que se detenga, luego me agarra las caderas y me penetra por detrás. Subo más los dedos, ondulándolos entre mis piernas.

Un segundo clímax me atraviesa y la cabeza me da

vueltas por el calor. Respiro profundamente hasta que las estrellas se desvanecen y luego cierro el agua.

Cuando salgo, mi ropa mojada ya no está, y una toalla y una sudadera del MIT cuidadosamente doblada están sobre la encimera.

Un rubor de vergüenza me invade. ¿Entró mientras me masturbaba? Agarro la toalla y me seco, luego me pongo la sudadera caliente. Me queda enorme, cayendo hasta la mitad del muslo como un vestido de jersey, lo cual es bueno, ya que no me dejó bragas. Me encanta usar algo que le pertenece. Me lo acerco a la nariz y aspiro su leve aroma.

No puedo dejar de pensar en sus gruesos dedos moviéndose dentro de mí y de repente me muero por tener el paquete completo. Conseguir que Jackson King me quite la virginidad sería la máxima satisfacción en la fantasía de una chica hacker. Pero no, no se trata de marcar una casilla o tener sexo con una persona famosa.

Se trata de la pura atracción animal entre Jackson y yo. La sentí en el ascensor antes de saber quién era. Me encantó la forma en que me dominó allí tanto como me encantó estar inclinada sobre la encimera de su baño preparada para los azotes.

Busco un cepillo, pero este parece ser un baño de visitas. No hay artículos personales en ninguna parte, solo artículos de limpieza y papel higiénico. Me paso los dedos por el pelo mojado y salgo.

La casa, o mansión, en realidad, es enorme. Bajo la escalera curva y sigo los sonidos de movimiento hasta una cocina enorme y abierta.

Sin embargo, el hombre de pie detrás de la enorme isla

cubierta de granito que come embutidos directamente del recipiente con los dedos no es Jackson.

—Oh, hola —digo tontamente, haciendo un pequeño gesto con la muñeca.

Es joven, de mi edad o menor, con el pelo rubio desordenado y húmedo como yo. Los magros músculos de sus brazos están cubiertos de tatuajes y tiene las dos orejas llenas de aretes. Tiene el porte inmóvil de un depredador y me ve acercarme sin moverse.

Bajo el dobladillo de la sudadera de Jackson.

—Eh, soy Kylie —ofrezco, con la esperanza de que se presente.

—Sam. —Por algún motivo tengo la sensación de que no le agrado.

Mierda. ¿Jackson es gay?

—¿Jackson y tú son…?

Rompe su comportamiento frío con el destello de una sonrisa.

—Es mi hermano.

Me quedo boquiabierta. Claramente no es un hermano de sangre. No se parecen en nada.

—Parece que tú también estabas, eh, bajo la lluvia.

El joven no responde.

—Veo que ya conociste a Sam. —La voz profunda de Jackson me envía escalofríos por todo el cuerpo, como secuelas de mi clímax. Mis clímax. Porque ciertamente fue responsable de ambos.

Miro del enorme cuerpo de hombre montañés de Jackson y su cabello oscuro hasta el delgado y musculoso hombre, y no estoy convencida de que no sean amantes.

Especialmente porque Sam lo mira a Jackson como diciendo «¿Qué carajo es esto?».

¿Por qué eso me desespera a querer reclamar mi derecho sobre Jackson? Pero no soy quién para hacerlo. Estoy en un gran problema con mi empleador y mis chantajistas, y tenemos que planificar nuestro ataque.

—¿Quieres ver lo que hay en la memoria USB? —pregunto. El sobre con la amenaza y la memoria USB desapareció del baño mientras me duchaba. Aunque todavía no ha sucedido nada terrible, todavía no estoy segura de haber tomado la decisión correcta al venir aquí. Al confiar en alguien que no sea mi familia. Recuerdo lo mal que le resultó eso a mi padre.

Jackson me asiente con la cabeza.

—Sí. Le echaré un vistazo —dice con desdén.

Odio no tener control sobre esto. Es decir, soy una hacker de pies a cabeza. Necesito ver el código, saber lo que estaban planeando. Especialmente porque me involucra.

—¿Puedo verlo yo también?

Jackson lo piensa por un momento.

—¿No lo viste antes de traerlo aquí? —A pesar de que acabamos de compartir el momento más ardiente e íntimo de mi vida en el piso de arriba, ha regresado a ser un hombre serio de negocios. Su rostro podría estar tallado en granito.

Niego con la cabeza.

—¿Quieres verlo ahora? —No agrego el «juntos» que tengo en los labios.

—Quiero verlo primero —dice—. Solo.

Suenan las señales de alarma. ¿Cometí un error al traer

esto aquí? ¿Al no manejar las cosas por mi cuenta? Ahora mi destino está en sus manos y todavía no sé qué es lo que va a hacer.

—Yo también soy bastante buena para hackear, sabes.

Entrecierra los ojos.

—Eso lo recuerdo. —Mira a Sam—. Mi nueva empleada resultó ser la única hacker que ha penetrado mi código. —No puedo entender si todavía está enojado o si detecto una nota de admiración allí—. Y supuestamente acaba de recibir una carta de chantaje pidiéndole que instale malware en nuestro sistema a cambio de silencio sobre su identidad de hacker.

«Supuestamente». El golpe se siente como una granada de mano en el plexo solar. ¿Acaso no me cree? Por supuesto que no. ¿Por qué lo haría? El hecho de que a los dos nos gustaría desnudarnos no significa que debamos confiar el uno en el otro.

Excepto que yo sí quiero confiar en él. Y probablemente sea mi enamoramiento de adolescente desacertado, pero quiero desesperadamente que Jackson vuelva a confiar en mí.

Pero demonios, tal vez su plan sea entregarme a la policía tan pronto como sepa con qué está lidiando.

~.~

Jackson

. . .

Kylie palidece cuando digo que supuestamente la han chantajeado. Si no fuera por el dolor que leí en su rostro, podrían haberme quedado dudas sobre ella. Pero es tan palpable que juro que puedo olerlo.

Y luego, esta nueva parte de mí que está siendo impulsada por el apareamiento quiere acercarse y compensarla por haberla herido. Está de pie en el lado opuesto de la isla de Sam, que se ha comido tres paquetes de embutidos desde que estamos aquí. Me acerco a ella y le doy a Sam una mirada de advertencia por la carne. Inmediatamente retira los paquetes vacíos y los tira a la basura, lo que, por supuesto, solo llama más la atención sobre su apetito carnívoro.

—Sí que tenías hambre —observa Kylie.

Mi oído de lobo detecta el sonido de su estómago crujiendo. No quiero alimentarla. Bueno, eso es mentira, pero tengo que sacarla de mi casa antes de hacerle algo imperdonable a ese cuerpecito ardiente suyo. Está ahí parada con nada más que mi sudadera que se le resbala por el hombro, lo que se ve increíblemente sensual. Saber que puedo tocarle el coño desnudo con tan solo estirar la mano me hace apretar los puños sobre la encimera.

—¿Tienes hambre, Gatichica?

Ella duda por un momento y luego niega con la cabeza.

Ladeo la cabeza, molesto porque me mintió. Si Sam no estuviera allí, le daría una segunda azotada por ello.

—Dilo en voz alta —le digo quedamente.

—¿Qué?

—Estás mintiendo. Quiero escucharte decirlo en voz alta para saber cómo suena cuando mientes.

Se sonroja hasta las orejas y, esta vez, disfruto al incomodarla. He visto a cientos de empleados u otros lobos inquietarse bajo mi dominio, pero nunca me excitó de esta manera. Quiero desnudarla, atarla e interrogarla con una fusta.

Y esa imagen no me ayuda a mantenerme distanciado. En absoluto.

Pero ella se recupera y levanta la barbilla.

—No vine aquí a comer.

—Sam, preparale algo —ordeno. Tan pronto como lo digo, me doy cuenta de que le parecerá raro. Sin conocer la dinámica de una manada, lo verá exactamente como el chico que recibe los azotes que describió en el ascensor.

Para empeorar las cosas, Sam me lanza una mirada de reprobación antes de obedecer. Saca un paquete de fiambres, pan y condimentos y comienza a hacer un sándwich sin preguntarle qué le gusta.

Me molesta más de lo que debería, pero el estómago de Kylie se queja de nuevo y mira la comida con aprecio, así que me imagino que está bien.

—Te llevaré a casa. Vas a venir a trabajar mañana como si nada hubiera pasado. Avísame si vuelven a contactarte —le digo mientras Sam prepara el sándwich.

Ella deja escapar una bocanada de aire impaciente, pero baja la barbilla.

—Sí, señor.

El pene se me pone duro como una roca. Escuchar esas palabras, las mismas que normalmente me molestan muchísimo si vienen de los empleados que me besan el culo, se siente como una victoria total. Esta vez la imagino de rodillas a mis pies, mirándome desde abajo con esos hermosos ojos salpicados de oro, esperando mi orden.

Sam desliza el plato por la encimera hacia Kylie.

—Gracias, Sam. —Ella lo toma y come con suficiente entusiasmo como para satisfacer la parte que me molesta y que está impulsada por hacerla sentir cómoda.

—¿Necesitas que haga algo? —pregunta Sam.

—Trae su bicicleta de las verjas y móntala en la parte trasera del Range Rover.

Él asiente y se va, y me vuelvo hacia Kylie.

—Si dices una maldita palabra acerca de que él es mi chico de los azotes, te inclinaré aquí mismo y te azotaré de nuevo.

Estira los labios con una amplia sonrisa y se quita la última migaja de sándwich de la comisura de la boca con la lengua. El destello de rosa hace que el miembro se me levante de nuevo. Apenas logro mantener la cordura con esta chica.

—Es mi hermano adoptivo. Lo acogí cuando era un adolescente sin hogar.

—Hm. —Come otro bocado—. Ese es un dato que nunca se ha reportado de ti.

—No le debo al público nada de mi vida privada.

—Soy buena guardando secretos, por lo general. —Se ruboriza de nuevo.

Arqueo una ceja, tratando de averiguar qué la hizo sonrojarse.

—Por alguna razón, estar cerca de ti es como beber suero de la verdad. —No puede mirarme a los ojos y lo encuentro tan malditamente atractivo que la alcanzo, aprieto su cuerpo contra el mío con el brazo alrededor de la cintura y una mano detrás de la cabeza.

—Será mejor que nunca me mientas, nena, o haré que te arrepientas.

Se queda sin respirar y abre los labios carnosos. El embriagador aroma de su excitación flota en el aire y hace que mi lobo aúlle. El calor me pica la piel.

—Te gusta castigar. —Jadea—. Eso sí lo sé.

—Sí lo sabes.

Antes de esta noche, lo habría negado, pero sí que disfruté azotándole ese culo perfecto. Le mordisqueo los labios y saboreo la dulzura de allí. Con gran esfuerzo, me aparto y le tomo la barbilla.

—Entonces, dime la verdad. ¿Quién crees que te dejó el sobre?

Le aparece una arruga en la frente.

—No lo sé. Por eso quiero ver el código. Podría reconocer el estilo.

Asiento con la cabeza.

—Bueno. Quizás mañana. Después de que le eche un vistazo. —Todavía no confío plenamente en ella y necesito mirar el malware cuando no me distraiga su embriagadora presencia—. Vámonos.

Tengo que hacer que esta mujer vuelva a ponerse la ropa y salga de mi casa. Antes de que pierda la cabeza por completo.

~.~

Kylie

. . .

No QUIERO que Jackson me lleve a casa, pero estoy demasiado agotada para otro largo paseo en bicicleta bajo la lluvia. La cuestión es que no me gusta viajar en los autos de otras personas. Estoy bien por mi cuenta. Conozco las salidas y puedo controlar el vehículo. Puedo bajar las ventanillas si me siento mal.

Me alivia ver que es un Range Rover y no un deportivo pequeño. Subo al asiento del pasajero y le doy mi dirección. Mantengo la mano en la manija de la puerta.

Jackson se convierte en el señor Silencioso de nuevo, casi provocándome un ataque por su indecisión. Sé que está interesado en mí. Aunque sea una inexperta, estoy segura de ello. Pero es como si no quisiera estarlo. Y no se trata de confianza, porque él era así incluso antes de saber que soy Gatichica.

Sale del acceso cerrado y entra a la carretera.

—¿Qué te pasó? —pregunta suavemente.

Giro la mirada hacia él y él señala con la barbilla mis nudillos blancos en la manija.

—Con los espacios cerrados. Algo te pasó. —Sin que yo se lo pida, abre mi ventana unos centímetros, a pesar de que está lloviendo.

Se me cierra la garganta. Nunca he hablado de eso, ni siquiera con Mémé. Ni siquiera estoy segura de poder. Pero Jackson es mi suero de la verdad.

—Sí —murmuro—. Algo me pasó. —Cierro los ojos ante el recuerdo del pánico. Las paredes se cerraban sobre mí, tenía los hombros comprimidos, no podía levantar la cabeza y había oscuridad por todas partes.

Él no dice nada y el espacio entre nosotros se extiende como una invitación, una piscina de sinceridad a la que podría saltar si me atreviera.

¿Podré hacerlo? ¿Ser sincera con alguien que no es un miembro de mi familia?

No. La muerte de mi padre me demostró que no puedes confiar en nadie más que en la familia. Pero mis labios se mueven de todos modos.

—Una vez me quedé atrapada en un espacio cerrado. No había nadie alrededor para ayudarme y me tomó horas salir. —Estoy agarrando la manija de la puerta con tanta fuerza que podría arrancarla.

Jackson extiende el brazo y me aprieta la mano.

—Lamento que te haya pasado eso. Ahora estás a salvo, nena. Tienes tu propia salida. Me detendré en cualquier momento si necesitas un respiro. ¿Vale?

Siento un apretón en el plexo solar cuando el tormento de ese trauma en particular intenta emerger. Respiro profundamente. De ninguna maldita manera voy a empezar a llorar en el auto de Jackson King. Maldito sea por sacarme esto.

—Oye. —Me suelta la mano y contorsiona el brazo para empujarme el plexo solar, como lo hizo en el ascensor —. Estás bien. —Empieza a detenerse y niego con la cabeza.

—No. Sigue conduciendo. No es el auto —logro decir.

—Cuéntame el resto —exige. Su voz es severa, como si de repente estuviera furioso. Por qué, no puedo entenderlo.

Niego con la cabeza.

—Deja el tema.

—No va a pasar. Dime o me detendré y te ayudaré, nena.

No tenía ni idea de lo que quería decir con «ayudarme», pero no quería que esto fuera un problemón.

—Algo malo sucedió. Justo antes de eso —le suelto.

Entonces aprieta la mano que tiene en el volante.

—No es lo que estás pensando. —Me doy cuenta de que podría estar pensando en abuso sexual o abuso de menores porque el rostro le cambió a una expresión matadora—. No fue algo sexual. —Me cuesta hablar—. Vi un asesinato.

«Asesinato». La palabra tiene un tono irregular que llena de peligro el espacio reducido del vehículo. El peligro en el que he estado desde esa noche.

—Tuve que quedarme escondida. Y luego, después, no pude encontrar la salida. Supongo que el shock me confundió.

Jackson maldice.

—¿Cuántos años tenías?

—Dieciséis. —Un año después de que hackeé SeCure y me creí la chica más inteligente del universo.

Alivia la presión de mi esternón y coloca la mano detrás de mi cabeza.

—Gracias por contármelo.

Bajo la ventana completamente y dejo que la lluvia me caiga sobre el rostro, ocultando la lágrima rebelde que se me escapó. De hecho, increíblemente, me siento más ligera. Como si pronunciar esas palabras hubiera liberado el candado de la oscuridad que tenía atrapada en el pecho desde hace ocho años. Se alza por encima de mí, se mantiene en el auto y sigue siendo aleccionadora y deprimente pero menos intensa. Me la imagino que la succiona la ventana y la regresa al éter. Sea lo que sea el éter.

—Nunca se lo he dicho a nadie —digo finalmente, con la voz un poco ronca por las lágrimas contenidas.

—Ahora lo hiciste.

Una profunda sensación de comodidad se posa sobre mí como una manta. Por primera vez en años, desde que murió mi madre, no siento que esté cargando el peso del mundo sobre los hombros. Sola. Alguien comparte mi secreto y el mundo no se ha derrumbado.

Aún no, de todos modos.

Quizás pagaré por esto más tarde. Apoyo la cabeza en el reposacabezas, refrescada por las salpicaduras de la lluvia, aliviada por el sonido de los limpiaparabrisas de Jackson.

Se detiene frente a mi casa.

—Nos vemos mañana.

Por un momento, considero volver a huir. He hecho lo correcto al darle a Jackson la memoria USB, pero si las cosas se van a poner peor, si los chantajistas van a llamar al FBI, sería mejor que me fuera de la ciudad.

Excepto que la idea de no ver a Jackson mañana es demasiado para mí. Abro la puerta y salgo.

—Sí. Nos vemos mañana.

~.~

Jackson

. . .

Estoy aturdido por mi necesidad de proteger a Kylie. Quiero matar a todos los dragones que alguna vez le mostraron los dientes. Para arreglar el mal que sufrió. Y debo estar loco porque, tan pronto como llego a casa, la investigo, busco su nombre y número de seguro social en las bases de datos de las agencias policiales y de trabajo social. No es de extrañar que no encuentre nada.

El nombre y el número de seguro social que utilizó en su solicitud de empleo probablemente son falsos. Una chica como ella, una hacker de su calibre, tendría la capacidad de crear identidades falsas creíbles. Podría acceder a cualquier Departamento de Vehículos de Motor y Registro Civil. El poder que podría ejercer es asombroso. Y, sin embargo, nunca robó nada de mis clientes cuando hackeó SeCure. Fue un juego. Era solo una niña.

Cualquiera que sea su historia, su vida no ha sido fácil. Ningún adolescente llega a presenciar un asesinato y vive su vida sin algunas cicatrices.

Yo debería saberlo.

Insatisfecho, prometo seguir investigando hasta descubrir exactamente qué le pasó a mi pequeña hacker. Pero, por ahora, tengo algo mucho más urgente que investigar. En una computadora portátil limpia que utilizo únicamente para probar códigos, abro la memoria USB y estudio el malware con el que se suponía que Kylie debía infectar SeCure.

No tiene sentido para mí, así que empiezo a pensar en qué ángulo quieren atacar.

Y desearía haber dejado que Kylie se quedara para que pudiéramos verlo juntos.

«Mañana». En un lugar público donde me sienta

menos tentado a tocarla. Mañana trabajaremos juntos en ello.

No cuestiono lo correcto que eso se siente, porque nada sobre el efecto que Kylie tiene sobre mí tiene sentido.

Solo Kylie. Kylie por sí misma tiene sentido para mí.

~.~

Kylie

LAS LUCES ESTÁN ENCENDIDAS en la casita que alquilamos cerca de la universidad. Elegí ese lugar porque es moderno y hay muchos restaurantes y tiendas a poca distancia. Siempre elijo lugares en los que nos podemos integrar fácilmente.

—¿Mémé? —Abro la puerta con un empujón y luego me detengo. Algo se siente raro. Con los pelos de la nuca en punta, entro tratando de identificar qué hay diferente.

Nada parece estar fuera de lugar.

—¿Mémé? —digo con fuerza y espero que no esté ya en la cama.

Miro alrededor de la cocina y veo bolsas de la compra sin guardar en el suelo. Las señales de alarma se activan con toda su fuerza.

Suena mi teléfono. Me lo saco del bolsillo y me quedo mirando las palabras «número bloqueado». Normalmente no lo respondería, pero algo no está bien, así que desbloqueo la pantalla y me acerco el teléfono al oído.

—¿Aló?

—No seguiste nuestras instrucciones. —La voz es generada por computadora. Una oleada de ira me arrebata.

—A la mierda tus instrucciones.

—Nos estamos tirando a tu abuela. Deberías haber hecho lo que te dijeron.

La sangre se me hiela en las venas. Me balanceo sobre mis pies.

—¿Mémé? —grito, corriendo por la casa.

—Instala el código y volverás a ver a la anciana. —La llamada termina antes de que pueda insultarlos de nuevo. No estoy segura de lo que hubiera dicho. Lo más probable es: «¡los mataré, hijos de puta!»

Me tiembla la mano de furia mientras corro por la casa de nuevo. Por supuesto, sé que es inútil. No está. Ellos la tienen. Y no tengo más remedio que derribar el imperio multimillonario de Jackson King para recuperarla.

Quiero vomitar. Y gritar. Sobre todo, me gustaría poner las manos en quien pensó que secuestrar a una anciana era buena idea y destrozarle la garganta con un ablandador de carne.

CAPÍTULO CINCO

ylie

«Lo siento, Jackson».

La estúpida decisión de ir directamente a Jackson gracias a mi enamoramiento en lugar de salir de Dodge con Mémé anoche ha sido más que contraproducente.

Puse a la única persona que amo, la única familia que me queda, en un peligro terrible. Nunca me perdonaré si le pasa algo. Entonces, a pesar de los momentos emocionantes que he tenido con Jackson King, a pesar de mi deseo de establecer una conexión genuina con él, de confiar en que él podría cerrar la brecha gigante que había establecido entre el resto del mundo y yo, voy a destruir su empresa. Mémé es más importante.

Tengo que recuperar la memoria USB sin despertar sospechas. Decido ir de forma directa.

Definitivamente es un día para usar zapatillas. Con una

falda de mezclilla corta, una camiseta de anime y mis Converse negras brillantes, llego a SeCure a las 6:45 de la mañana. Me imagino que estará abierto y confío en que Jackson llegará temprano para estar al tanto de la amenaza. Subo las escaleras hasta el octavo piso.

Las luces están apagadas y las puertas cerradas. Me dejo caer en el suelo frente al despacho de Jackson, apoyo la espalda contra su puerta y saco mi computadora portátil personal. No tengo cosas que investigar: me quedé despierta toda la noche tratando de rastrear el número de teléfono bloqueado de la llamada amenazante a una dirección IP, pero aún no lo he logrado.

¿Cómo me encontraron? He tenido mucho cuidado todos estos años.

El ascensor suena. Retiro los ojos de la pantalla, con los dedos aun volando sobre el teclado, buscando cadenas de datos.

Jackson se detiene cuando me ve.

—¿No pudiste dormir?

Me pongo de pie.

—Nop. ¿Y tú?

—Ni un poco.

—¿Qué encontraste? —Voy a pretender que somos aliados y que estamos en esto juntos. Él levanta una ceja para hacerme saber que estoy fuera de lugar. Él está a cargo y no somos un equipo—. Disculpa, ¿se supone que debo besarte el trasero y llamarte señor King en el trabajo?

—Me gustó cuando me llamaste señor —dice, abre la puerta y pasa junto a mí.

—Imagino que sí —murmuro y el recuerdo de cómo me dominó anoche me vuelven a sobrecoger. Lo sigo, sintiéndome como en casa en su descomunal despacho al dejarme caer en una silla y sacar mi computadora portátil —. Traje mi computadora personal para cargar el malware. Me gustaría tener la oportunidad de estudiarlo, si estás listo para dejarme echarle un vistazo. —El miedo y la necesidad han traído de vuelta a la vieja Kylie, la que es capaz de mentirle a cualquiera, incluso a Jackson King, mi kriptonita personal.

Me ignora, con el rostro ilegible mientras saca su propia computadora portátil y la coloca en la estación de acoplamiento.

Estando demasiado inquieta para quedarme allí sentada y esperar a que él me considere digna de respuesta, le pregunto:

—¿Quieres que prepare café? —Debe tener su propia estación de aperitivos en este piso.

Deja de moverse. La luz del sol que entra a raudales por las ventanas de pared a pared le aclara los ojos. Hay algo depredador en la forma en que me mira. Como si mi oferta de preparar café lo excitara. Bueno, tal vez tenga un fetiche por la dinámica de amo y esclavo. Le encanta que lo atiendan. Definitivamente estaba siendo mandón con Sam, su compañero de casa.

—Con crema, sin azúcar.

—¿Dónde está?

—A la vuelta de la esquina a la derecha. Lo encontrarás.

Es curioso, pero podría tener la otra cara del mismo fetiche porque me excita ir a buscarle su café.

Agradecida por el gasto de la energía maníaca que me gobierna, salgo del despacho y preparo el café. Son granos recién molidos de Peet's, y hay crema real en el refrigerador debajo. Yo también me preparo una taza y regreso, justo cuando llega su secretaria.

Si las miradas pudieran matar, estaría hecha pedazos en el suelo.

—No te preocupes por su café —le digo alegremente—. Ya me encargué.

Ella me mira de arriba abajo y aprieta los labios cuando ve mis zapatillas.

Muestro mi sonrisa más brillante mientras me dirijo al despacho de Jackson.

—Su café, señor. —Me acerco a su lado del escritorio y me acerco demasiado mientras me inclino como una gatita sexual para entregarlo.

Su secretaria mira boquiabierta desde la puerta.

—Calma, gatita, o te castigaré aquí también —gruñe en voz baja.

—¿De qué hablas? —pregunto inocentemente.

—Cancela todas mis citas y cierra la puerta, Vanessa. Tenemos una situación que arreglar aquí —le dice a su secretaria mientras abre el escritorio y saca una regla de madera. La deja sobre el escritorio entre nosotros, lanzándome una mirada explicativa.

A pesar de todo, a pesar de la falta de sueño y de preocuparme por Mémé, a pesar de mi abrumadora tarea de conseguir la memoria USB y hackear el sistema de SeCure en las próximas doce horas, una carga de puro deseo sexual me atraviesa.

«Joder, sí que puede azotarme de nuevo».

Querrá hacerme algo mucho peor cuando se dé cuenta

de lo que voy a hacer. Y ese pensamiento me quita la lujuria.

Extiendo la palma.

—¿La memoria?

Realmente no estoy segura de que me lo dé, pero, después de un momento, se la saca del bolsillo y la lanza al aire.

La atrapo y él sonríe ante mis rápidos reflejos.

—Te quedarás en mi despacho mientras trabajas en ello. —Hace un ademán con la barbilla hacia la silla frente a él.

«Mierda». ¿Cómo diablos se supone que voy a hackear SeCure y cargar el maldito malware mientras estoy en su despacho trabajando desde una computadora que no está conectada al sistema?

Me acomodo en una silla y conecto la memoria USB. Es un programa sofisticado y no estoy completamente segura de cómo funciona, pero no puedo concentrarme en descifrarlo. En cambio, estoy revisando todo lo que aprendí al hackear SeCure hace ocho años. Por supuesto, sé que nada volverá a ser igual esta vez.

Joder, solo he estado en el trabajo un par de días. ¿Cómo esperan que lo instale? Todavía no tengo acceso de seguridad a nada. A no ser que…

¿Cuáles son las posibilidades de acceder a la computadora del jefe? Aquí estoy, sentada en su despacho. Si ha iniciado sesión en el sistema, puedo obtener su contraseña o incluso cargar el código desde su computadora. El hombre tendrá que ir al baño en algún momento, ¿verdad? ¿O salir a almorzar?

Me late el corazón con fuerza mientras contemplo la

traición y Jackson levanta la mirada, como si escuchara el latido desenfrenado.

Mantengo la cabeza gacha, como si estuviera estudiando mucho.

Tendré que huir en cuanto termine o de lo contrario me sacarán esposada. Considero las salidas. La escalera conduce a la parte trasera del edificio. Podría llegar a mi auto.

¿Y luego adónde voy?

Los idiotas chantajistas ni siquiera me dijeron cómo ponerme en contacto con ellos. ¿Cómo recuperaré a Mémé?

Un miedo terrible y espeluznante me golpea como una descarga eléctrica en la columna. «¿Y si no tienen la intención de devolverla?» ¿Qué pasa si ella ya está muerta y su cuerpo yace en algún lugar del desierto? Debería haber exigido escuchar su voz. ¿Qué diablos me pasa?

Una vez que cargue el malware, no tendré poder alguno. Mémé y yo seremos prescindibles. Me culparán por el ataque y Mémé muere.

—¿Qué pasa? —La voz de Jackson atraviesa la oficina.

Levanto la cabeza de golpe para encontrarlo mirándome con intensidad. Tiene las fosas nasales dilatadas como si oliera algo desagradable.

El corazón me late con más fuerza. ¿Dije algo en voz alta?

—Siento tu agitación. ¿Qué encontraste en el código? ¿Sabes quién lo hizo?

Dios, ¿«siente mi agitación»? No es de extrañar que este hombre creara una empresa multimillonaria con nada más que una computadora portátil. Y siempre pensé que no tenía ningún tipo de habilidad social. Tal vez se mantiene alejado de la gente porque puede leerlos demasiado bien y lo aburren.

Mi mente corre en busca de algo que decir.

—Creo que me tendieron una trampa.

Levanta el labio con desprecio.

—Pensé que ya sabíamos esa parte.

—Me refiero a internamente. ¿Cómo obtuve este trabajo? Una cazatalentos me llamó de la nada. Nunca lo vi publicado en ningún lado. Nunca me postulé con SeCure.

Jackson palidece y puedo jurar que los ojos se le vuelven azules nuevamente. Se pone de pie con una expresión sombría.

—Vuelvo enseguida. —Sale por la puerta y la cierra detrás de él.

Cuento hasta cinco para calmar la respiración. Luego camino rápidamente hacia el escritorio de Jackson y me siento en su silla.

Aprendí en mis días de atracos a desconectar el miedo cuando estaba trabajando. El tiempo siempre fue esencial y, si perdía la cabeza, el trabajo no saldría bien. Aprendí a encerrarme en un agujero negro de concentración. No me concentro en nada más que en la tarea que tengo entre manos. Ese es el espacio en el que encuentro ahora y mi visión se reduce a las indicaciones en la pantalla mientras examino las pantallas de inicio de sesión para extraer la contraseña de Jackson. Encuentro veinte, sin patrón discernible. Debe tener una diferente para cada inicio de sesión. Inteligente.

Trabajo para atravesar el cortafuegos y acceder al código del área de seguridad de la información. No me permito pensar en lo que sucederá si Jackson regresa antes de que yo lo haya logrado. O si no puedo entrar. O si no dejan ir a Mémé.

Solo veo los caracteres en la pantalla, como un rompecabezas por resolver.

Dieciséis minutos después, estoy dentro.

No hay tiempo para celebrar. Agarro la memoria USB y la inserto en el puerto.

«Lo siento, Jackson. Lo siento mucho».

Se inicia automáticamente y el código se despliega ante mis ojos a la velocidad del rayo.

Me levanto de la silla, recojo mis cosas y salgo rápidamente. No miro a su secretaria. Camino por el pasillo, como si me dirigiera al baño, y me meto a las escaleras.

Ocho pisos. Luego un estacionamiento y estaré en mi auto.

Excepto que ya sé que me han engañado. No van a dejar ir a Mémé. ¿Cómo podrían incriminarme si una anciana cuenta la historia de que fue secuestrada?

Así que cometí otro delito grave y destruí la única empresa que he admirado por nada.

Peor aún, he destruido todo lo que tenía con Jackson King. Y eso… eso casi duele tanto como la idea de que Mémé esté muerta.

~.~

Jackson

A MI PARECER, este ataque tuvo que venir de alguien de mi departamento de seguridad de la información.

Desafortunadamente, eso lo reduce a 517 personas, ubicadas en todo el mundo. Solo 137 de ellas están en este edificio. Pero puedo comenzar con Luis, mi director de seguridad, y Recursos Humanos, para obtener algunas respuestas sobre la contratación de Kylie.

Me dirijo directamente a la oficina de Luis y entro sin tocar. Está hablando por teléfono, probablemente con su esposa, porque puedo oír la voz femenina en la línea, contando una historia larga e interminable.

Luis se sienta derecho, mirándome atentamente mientras intenta interrumpir el monólogo.

—Lo siento, cariño. El señor King acaba de entrar a mi despacho.

—¡Oh! Está bien, llámame más tarde —dice rápidamente.

—Sí. —Cuelga y me mira avergonzado—. Mi esposa está muy nerviosa por hacer que nuestro hijo participe en el concurso de talentos de la escuela.

Tengo que darle crédito a Luis. Después de todos estos años en los que he evitado todas las conversaciones personales, él todavía lo intenta. Es como si quisiera que recordara que tiene una familia y es humano, para que no le exija demasiado.

Pero eso nunca me ha detenido.

—¿Qué averiguaste sobre la nueva empleada de seguridad de información? —me pregunto.

Luis arruga la frente.

—¿Kylie McDaniel? ¿A qué se refiere?

—Te pedí que investigaras dónde la encontramos. ¿Quién la evaluó? ¿Cuánto tiempo estuvo abierta la vacante?

—Siempre tenemos puestos vacantes. Me pidió que duplicara nuestro equipo de seguridad de información hace tres años y he estado trabajando en eso. Es difícil encontrar empleados nuevos. Se necesita un promedio de tres meses para cubrir un puesto.

—¿Y publicaron esta vacante?

—No está publicada, no. Usamos una cazatalentos. Mitiga la pérdida de tiempo examinando solicitantes no calificados. Ha estado buscando activamente candidatos durante el último año.

—¿Y cómo encontró a Kylie?

Luis se encoge de hombros.

—Lo siento. No lo he investigado. Es bien sabido que se utilizan los foros de hackers para estos trabajos. Tiene sentido contratar a personas que realmente entienden con qué nos enfrentamos. Hacemos excepciones especiales para candidatos como Kylie. Por ejemplo, los requisitos laborales oficiales exigen de veinte a veinticinco años en el campo. Pero sus habilidades demostradas, basadas en la prueba que Stu administró, se utilizan en lugar de los años de experiencia.

Todo tiene perfecto sentido e incluso suena plausible. Pero Kylie tenía razón. Fue demasiada coincidencia que le enviaran la nota de chantaje inmediatamente después de comenzar con SeCure. Si los hackers estuvieran buscando una entrada, les habría tomado más de unos pocos días identificar y buscar las debilidades de cada empleado.

Esto me parece una incriminación de primera clase.

—Quiero el nombre y el número de teléfono de la cazatalentos.

—¿Pasa algo, señor? Pensé que le agradaba la chica, a pesar de su frescura.

—No importa si me agrada o no. Quiero saber más sobre las prácticas que la cazatalentos utiliza para ocupar los puestos más delicados de mi empresa —le espeto, usando mi voz más autoritativa.

Luis instantáneamente pone su rostro tranquilo y apaciguador.

—Por supuesto señor. Entiendo. Llamaré a Recursos Humanos ahora mismo y le buscaré la información. —Coge el teléfono.

—No importa —digo—. Iré yo mismo. —Necesito ver los ojos de las personas, estar lo suficientemente cerca para oler su miedo cuando las interrogue. Salgo, camino resueltamente hacia el ascensor y bajo hasta el cuarto piso para ver a la directora de Recursos Humanos.

No llego muy lejos con ella, aparte de recibir el nombre y el número de la cazatalentos.

En este momento, mi lobo busca mi atención, diciéndome algo sobre Kylie. Tengo ganas de verla. Casi necesito hacerlo.

«Maldición». ¿Es posible que la verdadera pareja de un cambiante sea humana? Porque no hay otra explicación para lo que siento.

A menos que sea solo mi instinto advirtiéndome sobre el peligro potencial que es ella para mí.

Con ese pensamiento, subo las escaleras de dos en dos de regreso a mi despacho, sin querer quedarme en silencio en un ascensor. Su olor está en todas partes, me llena la nariz como si estuviera en las escaleras conmigo.

Llego a mi despacho y abro la puerta.

Mi computadora está abierta y un programa se mueve rápidamente por la pantalla.

«Ay, mierda».

Siento que el corazón se me detiene, atrapado en algún lugar entre la clavícula y la garganta. Me sudan las palmas; la visión se me nubla de rabia.

«Dime que no es lo que creo que es. Dime...»

«¡Joder!»

Con un rugido, tomo mi computadora portátil y la tiro contra la pared, rompiéndola en un millón de pedazos.

—¡Señor King! —Vanessa entra corriendo al despacho.

—¿Hace cuánto tiempo que se fue? —Me sorprende lo tranquilo que sueno.

—¡Oh! Um... unos diez minutos, señor. ¿Por qué? ¿Qué pasó? ¿Señor? ¿Pasó algo?

La ignoro y paso corriendo junto a Vanessa.

«Las escaleras».

Las malditas escaleras. No es de extrañar que sintiera su olor. Por ahí escapó.

~.~

Kylie

. . .

Llego a mi auto y salgo del estacionamiento. Me dirijo al centro, pero no tengo ni idea de adónde ir.

La policía me buscará en casa. Es hora de escapar. He hecho esto al menos veinte veces. Sé borrar mi existencia y crear una nueva en otra ciudad. Otro país, incluso. Pero que me condenen si me voy de Tucson sin Mémé.

Entonces, solo necesito un lugar para esconderme. Esperar la llamada de los chantajistas que me temo que no llegará.

Conduzco hasta Bank of America, donde tengo una caja de seguridad. Quizás pueda llegar antes de que el FBI ponga una alerta sobre cualquier cosa que tenga que ver con mi número de seguro social actual. Entro rápidamente al banco, me bajo el dobladillo de la camiseta, deseando haberme puesto los tacones hoy.

Retiro todos mis ahorros en efectivo, les doy mi identificación y solicito mi caja de seguridad. Me envían a un despacho a esperar. Pasan tres minutos. Cinco.

«Por favor, que esto me salga bien».

El gerente con sobrepeso y peinado de los noventa regresa con la caja.

Gracias a Dios.

La abro y saco todo. Tengo pasaportes e identificaciones allí, junto con más efectivo de emergencia. Actúo de forma profesional y resisto el impulso de arrojar todo en el bolso y correr. Mantengo mis movimientos limpios y transparentes. No desperdicio gestos ni momentos; mantengo una careta fría, tranquila y serena para evitar levantar sospechas.

—Muchas gracias —le digo al gerente del banco con una sonrisa brillante. Cuando salgo, casi me desmorono.

Si huyo ahora, estaré completamente sola. Sin Mémé. Sin amigos. Sin la posibilidad de mantener el estilo de vida normal que había adoptado.

Pero, si me quedo, terminaré en una prisión federal. En lugar de subirme al auto, empiezo a caminar. El centro de Tucson es pequeño, pero hay gente en todas partes y me puedo ocultar entre la multitud. Subo por la calle Congress, sin ir en ninguna dirección en particular, solo necesito moverme. Pensar.

Mi teléfono permanece terriblemente silencioso. Seguramente los chantajistas ya saben que el código se ha instalado.

Así que sí. No tienen intención de liberar a Mémé.

Busco un café y saco la computadora portátil para trabajar una vez más en rastrear la llamada telefónica que recibí la noche anterior. El simple hecho de tener algo familiar que hacer me reduce el nivel de estrés. Trabajo el resto del día sin suerte. Para cuando las ventanas se oscurecen y el barista me mira mal, sé que no hay esperanza.

No van a llamar.

Estoy algo sorprendida de que alguien de SeCure o del FBI al menos no haya intentado hacer sonar mi teléfono, aunque no lo fuera a contestar.

Salgo del café y camino de regreso al auto. No está rodeado de patrullas ni ha sido incautado, pero de todos modos paso de él. No vale la pena correr el riesgo. En cambio, pido un Uber y utilizo una cuenta ficticia para que me lleve a un motel junto a la carretera lateral de la I-10. Reservo una habitación con mi nueva identidad y tarjeta de crédito.

En la habitación del motel, me quito los zapatos y me

siento en la cama con mi mejor y única amiga, mi computadora portátil.

«Piensa, Kay-Kay, piensa».

¿Qué hago ahora? ¿Me voy de la ciudad? ¿Tomo un avión para irme del país? ¿Qué se puede hacer por Mémé?

Soy una mujer inteligente, pero no me llega ninguna respuesta. Me abrazo las rodillas y me balanceo hacia adelante y hacia atrás.

~.~

Jackson

ME APRIETO las sienes con una mano mientras la otra se mueve sobre el teclado. Son las cuatro de la mañana.

Todos los empleados de seguridad de la información y yo hemos estado trabajando todo el día y la noche para aislar el maldito malware, pero ha llegado a todas partes. Implementé medidas de emergencia para transferir los datos financieros de millones de usuarios a nuevos servidores seguros, pero dudo que seamos lo suficientemente rápidos. Probablemente ya tengan suficiente para causar un daño importante. Todavía no sé qué buscan. Esto parece ser demasiado grande para simplemente querer datos de tarjetas de crédito. Debe haber objetivos más fáciles de hackear que SeCure si eso fuera todo lo que están buscando.

—Diles a todos en el departamento que nadie se irá a casa esta noche hasta que hayamos completado la transferencia —le digo bruscamente a Luis—. Y si alguien dice una palabra de que nos estamos enfrentando a esto, está muerto. ¿Entendiste?

—Ya les he dicho —dice Luis con su infinita paciencia —. ¿En qué momento involucraremos al FBI?

—No lo haremos hasta que tengamos toda esta situación bajo control. Ni siquiera quiero que el resto del equipo ejecutivo se entere de esto hasta que lo hayamos contenido.

Luis parece dudoso, pero asiente.

—Sí, señor.

Mi directiva tiene mucho sentido. Estamos ante una emergencia de proporciones épicas. Si la prensa llega a enterarse, las acciones de SeCure caerán en picada y la población del país entrará en pánico por el robo de su dinero e información.

Pero tengo otra razón para negarme a involucrar a la policía.

Quiero lidiar personalmente con Kylie McDaniel. Me traicionó y necesito mirarla a los ojos y comprender cómo cometí tal error. Necesito asegurarme de que nunca vuelva a suceder.

Y hay algo más. Algo que ni siquiera quiero admitir que me motiva, pero lo hace.

Kylie no sobreviviría en la cárcel.

Es claustrofóbica. Eso la mataría.

Así que prefiero usar la justicia de los lobos en este caso. Encontrar a Kylie y hacer que pague de la manera tradicional. Castigo y devolución.

Ella va a arreglar esto.

Incluso si tengo que hacerla mi prisionera hasta que lo haga.

—¿Ya sabemos cómo lo lograron, señor? ¿Sospecha de la chica nueva? Supe que desapareció hoy.

—Yo me ocuparé de la gente detrás de esto. Concéntrate en contener el desastre.

—Sí, señor.

—Quédate aquí y supervisa. Voy a encontrar quién hizo esto y les haré pagar. —El depredador que hay en mí necesita cazar a mi presa. Tengo que encontrar a Kylie.

Luis debe ver la fiereza de mi lobo porque palidece y asiente con la cabeza.

—Sí, señor.

CAPÍTULO SEIS

 ackson

Se me erizan los pelos de la nuca mientras camino hacia el Range Rover en el estacionamiento cubierto con paneles solares. Levanto la nariz al aire y huelo, pero todo lo que huelo es el aire fresco de primavera del desierto.

La luna me llama, me da ganas de transformarme y buscar a Kylie.

Llego al vehículo y me detengo.

Se ve una cabeza oscura en el asiento del pasajero de mi auto. Inmediatamente sé que es ella.

Mi cuerpo entra en modo de emergencia, con la transformación a punto. No sé qué pensar, que alguien la asesinó y la puso allí. O que está esperando para matarme. O se suicidó y dejó el cuerpo para que yo lo encontrara.

Sé que es Kylie y llegar a ella es una maldita emergencia. Abro la puerta de un golpe.

No está muerta. Ni siquiera está herida. Y no tiene un arma.

Todo lo que encuentro es una cara pálida y llena de lágrimas con ojos enormes y tristes.

El alivio y la furia me inundan simultáneamente las venas. La saco del auto por las muñecas y cierro la puerta.

No huelo el miedo en ella, pero actúa dócil, como si supiera que se merece mi ira. Obviamente, ella se entregó a mí, lo que no tiene sentido lógicamente, pero el lobo en mí lo aprueba.

—Gatita, tienes que estar loca por aparecer aquí esta noche.

Una sola lágrima le recorre el rostro. Se muerde el labio y asiente.

—Sí. Estoy loca.

—Tienes treinta segundos para explicarte. —No espero que tenga una explicación; no puedo comprender nada que pueda excusar su comportamiento, pero necesito escuchar lo que tiene que decir.

—Cuando llegué a casa anoche, mi abuela no estaba. Se la habían llevado. —Más lágrimas brotan de sus hermosos ojos y su olor le hace algo a mi lobo. Cada célula de mi cuerpo me grita que la proteja, que arregle lo que sea que la haya hecho llorar—. Me llamaron y una voz generada por computadora dijo que debería haber hecho lo que me indicaron. —Le caen dos lágrimas más por las mejillas.

Estoy listo para despedazar a estos cabrones con los

dientes. Ni siquiera necesitaría transformarme para hacerlo.

—Mémé es todo lo que tengo. Fui una estúpida. Pensé que me la devolverían si instalaba el código. Pero estoy segura de que está muerta. Fue un plan perfecto para incriminarme por arruinar SeCure. Lo siento, Jackson. Te jodí, pero haré cualquier cosa para ayudarte a arreglarlo. Sé que no tienes ningún motivo para creerme. Sé que tienes menos para confiar en mí. Pero estoy aquí. Me estoy poniendo a tu merced. —Extiende las muñecas como si tuviera esposas—. Llama a la policía, si quieres. Pero sabes que te soy más útil fuera de la cárcel. Y vaya que quiero hacerles pagar por lo que le han hecho a… —Se le arruga el rostro y no puedo hacer nada más que acercarla a mi pecho.

Lo bien que se siente tener su cuerpo contra el mío calma al lobo.

—Puede que no esté muerta.

Kylie se aferra a mi camisa abotonada con los puños mientras la moja con sus lágrimas.

—¿Para qué la necesitarían viva? —logra decir.

El olor de su angustia me destruye. Tiene razón. Su abuela probablemente esté muerta.

—Sube al auto —digo, más bruscamente de lo que pretendía. Abro la puerta—. Eres mi prisionera hasta que resolvamos esto. No saldrás de la mansión. No harás nada más que comer, dormir y rastrear este maldito código hasta apagarlo. ¿Entendido?

Ella asiente y se coloca en el asiento del pasajero.

—Sí, señor —susurra. Suena tan triste y perdida, pero mi lobo igual acepta su sumisión como una victoria.

«Mía».

Ella volvió a mí. Es mía y me encargaré de ella. Es mía y la castigaré.

«Mía».

~.~

Kylie

JACKSON NO HABLA mientras conduce a la mansión. No puedo creer que no me ahorcó ni llamó a la policía.

Pero sí está enojado. Siento su furia, hirviendo a fuego lento bajo un control fuertemente sometido. Pero eso no impidió que me abrazara y me dejara llorar sobre su camisa.

Tenía razón al quedarme en la ciudad. Es la primera decisión correcta que he tomado en mucho tiempo.

Nunca antes había confiado en nadie más que en mi familia, pero algo en Jackson King me hace regresar, dejar mis inseguridades en la puerta y ofrecerme en bandeja de plata. Es una locura.

Porque ahora realmente tiene mi vida en sus manos. Habría sido tan fácil para él entregarme a la policía. Podrían armar un caso inapelable contra mí. Y quizás piense hacerlo, después de que lo ayude a poner en cuarentena los datos infectados.

Pero, por algún motivo, no creo que lo haga. Jackson

se siente seguro para mí. Como estar en casa. Lo opuesto a la absoluta soledad que experimenté caminando por la calle Congress contemplando mi futuro.

—Gracias —le digo con voz ronca.

Me mira con seriedad.

—Me alegro de que hayas vuelto.

—¿Me crees?

—Contra mi buen juicio, sí. Sí te creo.

Me recuesto contra el asiento, exhausta, pero aliviada.

—Haré lo que sea para ayudar. No descansaré hasta que lo haya arreglado, ¿vale? Lo prometo.

Se acerca y me acaricia la mejilla.

—Yo también te ayudaré, gatita. Mañana contrataré a un investigador privado para que averigüe la desaparición de tu abuela.

Es un gesto dulce, pero dudo que un investigador privado pueda encontrar algo que un hacker no pueda. Aun así, se me escapan lágrimas de gratitud por los ojos.

A Jackson se le ensanchan las fosas nasales y lleva la mirada de la carretera a mi cara. Me limpia una de las lágrimas con el nudillo.

—Háblame de tu abuela. ¿Vive en Tucson?

Respiro para calmarme.

—Nos mudamos para acá juntas. Vivimos juntas. He vivido con ella desde... —Me detengo porque ya le he contado demasiado sobre mí. No quiero que descubra la verdad.

—¿Desde cuándo? —pregunta bruscamente, como si ya lo supiera.

—Desde que murieron mis padres. Ella es la única

familia que tengo. Que tenía… —modifico y siento que se me revuelve el estómago.

—¿Está muerta, gatita? ¿Lo sientes en tu instinto? Ve más allá del miedo. ¿Sí o no?

«No».

El alivio me envuelve como una manta.

—No lo creo —suelto. Estoy fascinada por la confianza de Jackson en el instinto sobre la lógica. ¿Siendo un hombre con un cerebro como el suyo? Si él confía en el instinto, entonces yo también.

Jackson asiente con la cabeza.

—Entonces tenemos que descifrar este código y encontrarla.

Enderezo la postura y el manto de objetividad regresa. Mi cerebro se lanza a analizar lo que he visto del malware. Saco mi computadora.

—¿Te importa si trabajo en el auto?

—Me enojaría si no lo hicieras.

Conducimos otros diez minutos en silencio mientras yo estudiaba el código desactivo que copié de la memoria USB antes. Cuando llegamos a la mansión de Jackson, la puerta automática se abre y él conduce por la entrada. Cierro la computadora portátil y la meto en mi bolso, mirando hacia la casa.

El perro lobo negro de Jackson está parado en el escalón mirándonos mientras el auto pasa. Su saludo carece de la alegría de una mascota normal. Hay algo de indiferencia en ello, una cualidad inquietante que hace que se me ericen los pelos de la nuca.

—No estoy segura de que se deban tener lobos como mascotas —murmuro mientras entra al garaje.

Jackson arquea una ceja.

—No dejaré que te lastime.

«No dejaré que te lastime» es bastante diferente a «no te lastimará». La capacidad de mutilarme o herirme definitivamente está ahí.

—¿Cómo se llama?

Jackson duda, como si el perro no tuviera nombre o no lo recordara.

—Lobo —dice finalmente.

—¿Lobo? Qué original.

—Sigue así de atrevida, gatita, y lo sumaré a tu castigo.

Un escalofrío me recorre, aunque no creo que sea miedo.

—¿Castigo? —Me felicito mentalmente por decir la palabra sin que me tiemble la voz.

—Ajá. Pero nos ocuparemos de eso más tarde. Ahora mismo, tenemos trabajo que hacer.

Salimos del auto y entramos por un cuarto de lavandería a la cocina. Lobo se encuentra con nosotros allí. Me enseña los dientes, gruñendo. Es aún más aterrador a plena luz. Me llega a la cintura y el pelaje negro de la nuca lo tiene erizado de ira, sus ojos ámbar me miran fijamente.

—Suficiente. —Jackson no parece tan preocupado como debería, en lo que a mí respecta.

Me congelo.

—No creo que le agrade mucho.

Jackson me mueve por la espalda de la puerta, todavía indiferente.

—Simplemente es protector. —Al perro, le dice—: Kylie se va a quedar con nosotros. Vas a cuidar de ella,

¿entendido? —Le da una palmadita en el hocico a Lobo y el perro se vuelve y sale de la cocina.

Exhalo un suspiro tembloroso.

—Dime otra vez por qué tienes un lobo de mascota.

Jackson ignora mi pregunta.

—Vamos. Te llevaré a tu habitación.

Reprimo la decepción de tener mi propia habitación. ¿Pero qué estaba pensando? ¿Que Jackson me llevaría a su cama y nos acurrucaríamos después de lo que le hice a su empresa?

Es posible que un golpe como este no termine con SeCure, pero incluso si aislamos el daño potencial, perder reputación puede socavar a la larga el bienestar entero de la empresa. Incluso con mi ayuda para arreglar el problema, el daño persistirá.

Lo sigo al piso de arriba.

Jackson me lleva a un cuarto de invitados y enciende una luz. La habitación está decorada con buen gusto, pero, como el resto de la casa, carece de toques personales. Tengo la sensación de que contrató a un decorador.

—Te quedarás aquí. Voy a dormir unas horas antes de tener que volver a la oficina.

—Yo me quedaré despierta —digo de inmediato. No hay forma de que pueda descansar, especialmente ahora que creo que mi trabajo puede ayudar a recuperar a Mémé. Saco la computadora portátil de nuevo—. Necesito entrar en tu sistema, por favor. Para saber cómo funciona y se propaga esta cosa. Y necesito saber qué está haciendo tu equipo para contenerla.

Él arquea una ceja.

—Pensé que ya lo habías hackeado. Pero no, tomaste

el camino fácil y usaste mi computadora. Debo ser el idiota más grande de la Tierra para haberte dejado sola en mi despacho.

Él ya está inclinado sobre mí, ingresa la contraseña del Wi-Fi y luego me conecta a SeCure. Huele divino. Como a pinos y... fuerza masculina. Sí, sé que eso no es un olor. Pero eso es lo que evoca su olor.

—No, no fuiste un idiota. Pensaste que podías confiar en mí. Te lo voy a compensar.

Me toma de la barbilla y me alza el rostro.

—Me encanta cuando te arrastras, gatita.

Un rubor se me extiende por el pecho y me sube por el cuello.

—Imagino que sí —le digo secamente, sonrojándome aún más cuando recuerdo que me viene un castigo.

¿Qué será esta vez? ¿Más nalgadas? Espero que sea algo... incluso más intenso.

Me explica las órdenes que le ha dado a su equipo de seguridad de información para poner en cuarentena y mover los datos de SeCure. Me parece un plan sólido.

—Parece que lo están manejando bien, así que trabajaré en rastrear el malware hasta su origen.

—Bien. —Me deja un beso en la parte superior de mi la cabeza—. Despiértame a las siete de la mañana si aún no me he levantado.

«POR TODOS LOS CIELOS. Estoy jugando a la casita con Jackson King». La directiva va directo a mis partes íntimas cuando me imagino quitándole las sábanas del cuerpo desnudo y excitándolo.

«Hora de pensar con la cabeza, Kay-Kay. Hay trabajo por hacer».

CAPÍTULO SIETE

ackson

ME DESPIERTO con los colmillos brotados y el olor de Kylie en mis fosas nasales. No es de extrañar que soñara con adueñarme de su cuerpecito ardiente las dos horas que dormí. Debo haberla marcado en todas las posiciones en mi sueño. No debería sentirme descansado, pero la frustración sexual me llena de energía.

«Reclámala. Aparéate. Márcala».

A mi maldito lobo le encanta que esté en mi casa. Me obligo a meterme en la ducha con el chorro de agua helada para no ir a cazarla.

No ayuda. Todavía estoy listo para dominarla cuando salgo. Quiero perseguirla por una montaña rocosa, tirarla al suelo y hundir los dientes tan profundamente en su carne que gritará…

Sí, y eso la mataría. Sí que estaría gritando, pero no sería de placer.

Hoy paso del traje y corbata y opto por una camisa casual y pantalones caqui. Mis empleados han estado trabajando toda la noche, no necesito verme formal para nadie.

El olor de Kylie me golpea con fuerza en el momento en que salgo de mi habitación. Siento el miembro apretado contra la cremallera de los pantalones. La encuentro en su habitación, todavía trabajando.

Tiene un bolígrafo metido en un moño desordenado en la parte superior de la cabeza y no se ve menos hermosa por no haber dormido en toda la noche. En todo caso, verla levantada, trabajando duro para mí, en beneficio de mi compañía, me da una nueva inyección de lujuria. Por supuesto que no lo está haciendo por mí, lo está haciendo por su abuela, pero al lobo eso no le importa.

Todos los lobos necesitan dominar a sus hembras, pero nunca pensé lo excitado que estaría al tener una bajo mis garras, por así decirlo. Al mismo tiempo, eso aumenta con fuerza el impulso de cuidarla.

—Buenos días. ¿Tienes hambre, gatita? Debería haberte dicho que te sirvieras algo de la cocina.

Ella me muestra una sonrisa relajada, del tipo que no tiene ninguna intención escondida, pero que podría derribar naciones.

—Oh, lo habría hecho. Estaba a punto de ir a hacer café.

—¿Encontraste algo?

—Es una secuencia compleja. Veo algo familiar en el estilo, pero no puedo identificarlo. He estado cotejando publicaciones antiguas de DefCon pero hasta ahora no lo he descubierto. Tus empleados ya han asegurado todos los datos, pero supongo que los chantajistas tuvieron acceso a al menos 250.000 registros antes de que los pusieran en cuarentena.

Ya he escuchado lo mismo de Luis y Stu, pero es bueno saber que mi pequeña genio está de acuerdo.

—Vamos, es hora de desayunar. Tu cuerpo necesita combustible después de estar despierta toda la noche.

«Maldición». ¿Por qué hablo de su cuerpo? Es una tortura suficiente para mí sin siquiera mencionarlo.

—Bajaré en un minuto. —Da golpecitos con el dedo en el borde de la pantalla mientras lee.

Abajo, encuentro a Sam sentado en la barra del desayuno. Aparentemente, ninguno de nosotros durmió mucho anoche.

—¿Que está pasando? —exige en el momento en que entro. Lo llamé cuando me quedé hasta tarde anoche y le dije lo que había hecho Kylie, por lo que aparecerme con ella en las primeras horas de la mañana debió parecer incongruente.

—Los chantajistas secuestraron a su abuela. Ella se entregó a mí. Estamos trabajando para rastrear el código y encontrar pistas.

Sam niega con la cabeza y tuerce la boca, juzgándome.

—No me gusta. No estás actuando bien, Jackson. Es una jodida humana. ¿Por qué demonios la trajiste aquí?

Un gruñido me brota de la garganta, el lobo en mí está listo para defender a mi pareja elegida hasta la muerte.

Sam se queda boquiabierto me mientras mira.

—¿Me estás jodiendo?

—¿Qué? —pregunto con fuerza.

—¿Te das cuenta de que ella ha activado tu instinto de apareamiento?

Lo ignoro y saco un paquete de huevos y luego los rompo en un tazón.

—Necesito que te quedes aquí y la vigiles. No la dejes salir de la mansión bajo ninguna circunstancia.

Sam no responde, lo que me obliga a mirarlo. Me observa con los ojos entrecerrados.

—Y no la lastimes.

—Voy a tenerla prisionera aquí, pero no puedo hacerle daño. —Su tono está lleno de duda.

Otro gruñido me brota de la garganta, pero me las arreglo para ahogarlo cuando mis sentidos de lobo detectan a Kylie bajando las escaleras. No debería haber podido oír nuestra conversación, pero, cuando entra, tiene una expresión decidida.

—¿Entonces Sam es mi carcelero? —pregunta ella alegremente.

Frunzo mis labios. «Maldición». Tiene un oído sobrehumano. Necesito recordar eso.

—Correcto. Te prohíbo que salgas de casa cuando yo no esté.

—Lo prohíbes. —Su tono combina perfectamente con el de Sam con la infusión de duda.

Arqueo una ceja.

—¿Tienes algún problema con eso?

—Tú eres el jefe. —Se encoge de hombros.

«Así es».

—Arresto domiciliario con Sam. No puedo pensar en nada más divertido.

—Cuidado con el sarcasmo, gatita —le digo, pero mi lobo no está feliz. No puedo soportar que use la palabra «con» y el nombre de otro hombre, incluso si es por órdenes mías.

Ella mira dentro del tazón de huevos.

—¿Qué estás haciendo?

Mi sentido innato de arrogancia se desvanece y la necesidad de complacer a mi hembra, de alimentarla, aumenta en importancia.

—Estaba pensando en tostadas francesas, ¿te parece bien? —Por los dioses, ni siquiera me reconozco. ¿Cuándo le pregunto a alguien si algo está bien?

Ella muestra esa sonrisa perfecta y el lobo se relaja.

—Suena genial. Gracias. ¿Hay café? —Mira a su alrededor.

—Sírvete. —Sam señala la cafetera llena.

A la vez, le estoy agradecido a Sam por hacerlo y me enoja que sea él quien se lo ofrezca.

Ella busca dos tazas y saca la crema del refrigerador. Me entrega una taza llena.

—Con crema, sin azúcar, ¿verdad, jefe? —Su tono ronco, junto con su acto de servicio, hace que el deseo me atraviese el cuerpo.

«Aparéate con ella».

La quiero aquí todas las mañanas, preparándome café mientras cocino huevos. Quiero ver esos ojos con toques dorados asomándose por encima de su taza mientras me cuenta algo inteligente. Quiero ganarme esa sonrisa fácil diciendo algo gracioso.

Espera un momento. No soy un tipo gracioso. Nunca digo nada gracioso. Excepto que lo hice en el ascensor. En ese momento la hice reír. Cuando estoy con ella, me convierto en otra persona. Alguien mejor.

«No eres el malo».

Sumerjo cuatro piezas de pan de pasas y canela en la mezcla de huevo y las coloco en una sartén caliente rociada con mantequilla derretida.

—Voy a ir a la oficina después de comer. Quiero actualizaciones a la hora. A menos que estés durmiendo. —Me doy la vuelta para inmovilizarla con mi mirada más severa —. Porque planeas dormir un poco, ¿no?

Ella lleva la taza de café al aire.

—No por un tiempo. No te preocupes. Hago mi mejor trabajo cuando estoy medio delirando.

—No en mi guardia. Necesitas descansar.

Ella pone los ojos en blanco y yo le doy una nalgada cuando pasa. Se me endurece el miembro con su grito.

Sam mira por la ventana como si nunca hubiera visto un panorama tan fascinante.

—Vamos, jefe, necesito trabajar. Por favor. —Sus suplicas me derriten—. Prefiero las siestas de gato a dormir ocho horas seguidas de todos modos.

Le doy la vuelta a la tostada francesa, delirando con la necesidad de saber si eso es cierto. Quiero conocer cada detalle de esta mujer. Lo necesito.

Saco mi teléfono celular y se lo entrego.

—Dame tu número. —Se desplaza hasta mis contactos y se agrega a sí misma con notable velocidad mientras yo sirvo la tostada francesa y saco el jarabe de arce del refrigerador.

Veo que se ha guardado como «Gatichica» y eso me hace sonreír.

—¿Cuál es tu nombre de verdad, gatita?

Se pone tensa y su vacilación me hiere más de lo que quiero admitir.

—¿Es un secreto? —pregunto suavemente—. ¿Por el asesinato que viste?

Ella palidece, y de inmediato me arrepiento de haberla presionado, pero, si está en peligro, tengo que saberlo. La necesidad de protegerla de todos y cada uno de sus enemigos es una bestia que me desgarra y devora.

—Sí. —Agarra un plato de tostadas francesas y les pone mantequilla.

Sam finalmente debe darse cuenta de que está de más, porque se levanta de su asiento en la barra del desayuno.

—Grita si me necesitas. Estaré en la casa, Gatichica.

—Creo que tampoco le agrado —dice Kylie después de que se va. No sabe que Sam todavía puede oír cada palabra.

—Simplemente es protector. ¿A qué te refieres con «tampoco»?

—Como Lobo. Tu perro del tamaño de un monstruo. —Perfora un trozo de tostada francesa con el tenedor y un ruido sordo, casi como un ronroneo, me sube por el pecho. Me gusta alimentarla. Demasiado, maldita sea—. ¿Dónde está, por cierto?

—Probablemente esté fuera. Necesita mucho espacio para moverse. —No es mentira.

—Está bien, soy tu prisionera y Sam es mi carcelero. —Come otro bocado, mueve la lengua rápidamente para atrapar un poco de azúcar glas y casi gimo—. Tengo que darte una actualización a la hora. ¿Alguna otra orden?

Joder, me pongo tan duro cuando juega a ser sumisa

conmigo. Y, créeme, sé que es un juego, una elección, no su personalidad. La chica es una alfa como ninguna que haya visto antes. Una hembra alfa que solo se somete a su macho.

Un tirón de nostalgia me aprieta el pecho. Finalmente conozco a una mujer que me interesa, a ambos lados de mí, humano y lobo, y es humana. Frágil. Incapaz de soportar que la marque.

¿Cómo me quedaré con ella? Tengo que hacerlo.

~.~

Kylie

La comida y el café ayudan. Me paso la mañana irrumpiendo en el sistema del FBI para obtener todos sus archivos sobre hackers conocidos. El malware utilizado para infectar SeCure no es lo más sofisticado que he visto. Lo cual es bueno: le permitió a Jackson contener la amenaza. La desventaja es que tengo que buscar a los sospechosos en un grupo mucho más grande.

Jackson me envía un mensaje para decirme que no ha contratado a un investigador privado porque no confía en que me nadie me vaya a joder, pero que está tramando un plan.

Al mediodía, tengo náuseas por la falta de sueño, pero ahora estoy tan agotada por el café y la adrenalina que dudo que pueda descansar. Me levanto para estirar las piernas y deambulo por las habitaciones de arriba. No he oído a Sam; supongo que su habitación está en algún lugar de la planta baja.

Me atrae registrar la habitación de Jackson. Los hackers son acosadores por naturaleza y me muero por saber más sobre mi enamorado.

Toco ligeramente una puerta cerrada y la abro. «Lotería».

La gran suite principal debe pertenecerle a Jackson. Capto su olor y calma mi sistema sobrecargado de inmediato. Siempre he tenido un sentido del olfato demasiado desarrollado. Mi papá solía burlarse de mí por eso.

Como el resto de la casa, la habitación es elegante pero sencilla. No hay mucho que mirar, pero deambulo, echo un vistazo por la parte superior de la cómoda en busca de monedas sueltas y reviso la papelera en busca de algo interesante, pero no hay nada.

—¿Qué estás haciendo?

Doy un grito ahogado y salto, mi sistema sobrecargado casi me hace entrar en un paro cardíaco.

—Joder, Sam. Me asustaste.

Él entrecierra los ojos. No parece el tipo de hombre con el que meterse. Puede que sea delgado y enjuto, pero los tatuajes decoran músculos duros y los piercings le dan una vibra de que no acepta jueguitos de nadie. Recuerdo que Jackson tuvo que ordenarle que no me lastimara. Al igual que su perro lobo, la violencia está ahí, justo debajo de la superficie.

Digo la verdad.

—Estoy fisgoneando. Tratando de entender mejor a

Jackson.

Sam niega rápidamente con la cabeza.

—No eres quién para develar sus secretos, Gatichica.

Me gusta que me llame «Gatichica». El nombre todavía tiene poder, evoca a la adolescente invencible que una vez fui. Antes de todo.

Apoyo la cadera contra la cómoda, manteniéndome firme.

—¿Entonces sí hay secretos?

Sam cruza los brazos sobre el pecho y se apoya contra el marco de la puerta.

—Todo el mundo tiene secretos.

Intento una táctica diferente.

—Nunca quise hacerle daño. Estoy aquí para arreglar las cosas, no para empeorarlas.

—Que estés aquí definitivamente empeora las cosas.

Ahora es mi turno de entrecerrar los ojos.

—¿Cuál es tu problema conmigo?

—Mira, puedo ver que hay algo especial en ti. Jackson no estaría interesado, de lo contrario. Pero no puede estar contigo, no va a funcionar. Y que tú estés en esta casa será un problema para él.

Considero sus palabras en mi cabeza, pero no tienen sentido. Lo único que se me ocurre es que Jackson y él son pareja y él me está dando una advertencia.

—¿Es gay?

Sam arruga las cejas con perplejidad.

—No. ¿Qué te hace pensar que lo es?

—Solo estaba tratando de averiguar si tú y él…

Sam se ríe.

—No. Te lo dije, es mi hermano.

El alivio me inunda. «Tranquila, chica. Eso no lo hace tuyo».

—¿Cómo lo conociste?

Sam cambia a una expresión acongojada y, por un momento, parece treinta años mayor, cansado por lo que sea que le pasó en su corta vida.

—Estaba vagando por las montañas de Santa Cruz, perdido, y él me encontró.

—¿Qué hacías en las montañas? —Me imagino a un Boy Scout perdido, pero no encaja.

—Hui de casa. Pensé que podría sobrevivir por mi cuenta. Pero estaba famélico. Medio loco, había estado solo por mucho tiempo.

—¿Por cuánto tiempo?

Se encoge de hombros.

—No lo sé. Quizás unos meses. Jackson me vio y corrí. Me persiguió. Luché contra él. No quería volver a la civilización, pero me obligó a volver con él. Prometió no decirle a nadie que me había encontrado.

Una oleada de compasión me inunda el pecho. Sam ha estado escondido, como yo. Alguien quiere algo de él. Probablemente una familia abusiva. Tiene razón. Todos tenemos secretos.

—¿Hace cuánto fue eso?

—Siete años. Tenía catorce.

—Me alegro de que te haya encontrado. Y no se lo diré a nadie.

—Ya no estoy preocupado —dice—. Pero gracias. —Una sonrisa reacia aparece en sus labios, y da un paso hacia mí, con el puño afuera. Le chocó los nudillos con los míos y lo sigo fuera de la habitación, contenta de haber desenterrado otra pequeña pieza del rompecabezas de Jackson.

~.~

Jackson

CUANDO LLEGO A CASA, encuentro a Kylie rendida en el sofá, con la computadora portátil abierta sobre el pecho.

Sam está en la cocina, comiendo una pila de diez hamburguesas. Tomo una y le doy un mordisco.

—¿Cuánto tiempo ha estado así?

—Un par de horas —dice Sam con la boca llena—. La encontré fisgoneando en tu habitación. Dijo que quería conocer tus secretos.

Una sensación de preocupación me sobrecoge. ¿Qué pasa si esta chica aún me está manipulando? Pero eso no tiene sentido, ¿qué más podría querer o necesitar? Ya había hecho suficiente daño para derribarme.

No, los hackers tienen problemas con los límites. Les da sensación de poder inflada. Pueden espiar a cualquier persona y hacer cualquier cosa. Leer correos electrónicos, cancelar tarjetas de crédito. Revisar calificaciones de la escuela secundaria. El fisgoneo de Kylie en mi habitación era una extensión de eso. No ha podido hackearme personalmente porque no va a encontrar nada. Ella no es la única que sabe cómo crear o borrar una identidad.

—¿Qué vas a hacer con ella? No puedes tenerla aquí para siempre.

Me paso los dedos por el pelo.

—No lo sé —respondo con sinceridad.

—No puedes tenerla aquí —repite Sam.

—¿Por qué carajos no? —suelto, aunque sé que tiene razón.

Levanta las cejas.

—¿Planeas hacerla tu pareja?

Frunzo el ceño. Ambos sabemos que eso no es posible. Una mordedura de hombre lobo a una humana podría matarla. Causaría cicatrices y daños graves, como mínimo. Y eso suponiendo que Kylie esté dispuesta a hacerlo. Lo que significaría contárselo a ella, una clara violación de las reglas de la manada. Y si le digo y no nos emparejamos, tendría que ser eliminada. Reglas de la manada. O que un vampiro le borre la mente. No puedo arriesgarme a que le pase ninguna de esas cosas.

Así que sí. Sam tiene razón. No puedo tenerla aquí.

Pero estoy jodidamente seguro que tampoco puedo dejarla ir.

—Solo hasta que esto pase —le prometo.

Los labios fruncidos de Sam me dicen que sabe que es mentira.

—¿Sabes lo que le sucede a un lobo que ignora su instinto de apareamiento?

Siento las náuseas revolverme el estómago. «Enfermedad de la luna».

—Eso no es lo que está pasando aquí. Ella no puede ser mi pareja predestinada, es humana.

Sam se encoge de hombros.

—Yo ya sé eso, pero estás actuando como un macho listo para marcarla. Y la luna estará llena mañana.

—Tengo la situación bajo control. —«Y los cerdos vuelan».

Sam acaba su quinta hamburguesa y empuja el plato de hamburguesas restantes hacia mí.

—Nos vemos luego. Trabajo en el club esta noche. — A veces trabaja como portero en Eclipse, el club nocturno de Garrett.

«No te apresures en volver».

Mi lobo quiere estar a solas con Kylie, lo que es probablemente la peor idea de mi vida.

~.~

Kylie

ME DESPIERTO por el sonido de la motocicleta de Sam alejándose y la voz enojada de Jackson desde la cocina.

—¿Quién lo filtró a la prensa? Voy a matarlos. Bueno, averígualo y despídelos antes de que los encuentre yo mismo. ¿Entendiste? Bueno.

«Maldición». La tormenta de mierda de Jackson empeoró si uno de sus empleados filtró la situación a la prensa. Me pregunto si eso significa que me han nombrado como la perpetradora. ¿Cuánto tiempo antes de que intervenga el FBI? Me levanto del sofá. Las ventanas están

LA TENTACIÓN DEL ALFA

oscuras, lo que significa que debo haber dormido toda la tarde. Reviso la hora en mi computadora portátil: siete de la noche.

Jackson comienza de nuevo; debe estar haciendo llamadas telefónicas.

—Comunícame con Sarah, de Relaciones Públicas.

Troto hacia el piso de arriba, decidida a tomar una ducha y ponerme presentable antes de que me vea. Fallo miserablemente, porque camina hacia la sala de estar y me ve subir las escaleras mientras le grita a su directora de relaciones públicas.

Hago una mueca de dolor y lo saludo débilmente, pronunciando la palabra «ducha».

Él asiente y continúa con su diatriba.

Cuando el FBI se involucre, ¿me entregará? Entro al baño de invitados y el recuerdo de lo que hicimos allí hace dos noches regresa rápidamente.

Me desnudo y me meto en la ducha, donde dejo que mis dedos vayan a mi entrepierna como la última vez.

Viene otro castigo.

De repente estoy desesperada por recibirlo. Mi tiempo aquí puede ser limitado. Si el FBI me está buscando, puede que tenga que irme a toda prisa. Y mi asunto con Jackson se siente inconcluso.

Quiero sentir sus manos, su dominio, una vez más.

Y claro, y está abajo en modo de control de crisis.

Pero tal vez un poco de distracción sea exactamente lo que necesita. Podría hacerle esa mamada que no pude empezar la última vez. Podría ser mi penitencia por lo que he hecho.

Me froto el clítoris, emocionada por la perspectiva.

Pero no quiero acabar por mi cuenta. Preferiría sentir los hábiles dedos de Jackson allí.

Cierro el agua y salgo para secarme con una toalla.

Sí, solo hay una forma de jugar a esto. Me envuelvo la toalla alrededor de la cintura y bajo las escaleras, con los pechos desnudos que se rizan con el aire fresco de la noche.

Jackson todavía está hablando por teléfono, pero cuando me ve, deja de hablar. Levanta un dedo y me señala. No sé lo que significa, pero sigo acercándome.

—Sabes qué hacer. No me llames hasta que esté listo. ¿Entendido? —Cuelga—. Gatita. —Su voz suena ahogada —. ¿Qué diablos estás haciendo?

Hago el papel de coqueta, me meto un dedo entre los dientes y lo muerdo.

—¿Es hora de mi castigo?

—Mierda. —Sale como una explosión. Sus ojos se ven más azules de lo que los he visto, como un azul pálido. No hay rastro de verde en absoluto.

Señala el sofá de la sala de estar.

—Vengo enseguida.

Las palmas me sudan. A pesar de mi valentía, no tengo ni idea de lo que estoy haciendo. La seducción es un juego nuevo para mí y el castigo es completamente extraño. No, eso no es verdad. He visto algo de porno de fetiches. Pero nunca he experimentado dolor real. No estoy segura de cuánto me gustará.

Jackson regresa con una cuchara de madera y se me revuelve el estómago.

Me muerdo el labio inferior y trato de mantener la respiración tranquila.

Se sienta en el mullido sofá de gamuza marrón y se palmea el regazo.

—Deja caer la toalla, gatita.

Se me aprieta el coño. No estoy segura de si estoy más emocionada o nerviosa, pero, de cualquier manera, seguiré adelante. Dejo caer la toalla al suelo, me subo a su regazo y le ofrezco el trasero para su castigo. Rezo para que una cuchara de madera no sea el peor instrumento de tortura del mundo. Probablemente no lo sea, ya que las usaban regularmente para pegarle a los niños cuando los azotes se consideraban una forma útil y aceptable de castigo. No es que esté de acuerdo con tales medidas.

—Ay, gatita. —Suena como un lamento, casi un quejido. Jackson pasa una mano por la parte trasera de mi muslo y por la curva de una nalga. Le siento el miembro duro presionándome la cadera.

Separo los muslos.

—Nena, me ocuparé de ese sufrimiento entre tus piernas pronto. Pero estás en lo correcto. Es hora de tu castigo, ahora. —Me azota el trasero, pero solo con la mano.

—Mmm —lo animo.

Me azota la otra nalga y frota el ardor hasta que se me quita. Unas cuantas bofetadas más a la derecha e izquierda y empiezo a menearme, queriendo más.

Se inclina y me muerde el trasero, y yo grito y me río. Él también se ríe.

—Está bien, que sean… veinte con la cuchara de madera.

No tengo ni idea de si es mucho o poco ya que aún no he sentido la cuchara, así que mantengo la boca cerrada.

Se inclina.

—Si es demasiado, nena, quiero que me lo digas.

—Sí, señor.

Entonces gime.

—Me encanta cuando me dices así.

—¿Es por eso que te convertiste en director ejecutivo?

Me fustiga con la cuchara de madera. Definitivamente es peor que la mano, pero no terrible.

—No, nena. No quiero que nadie más me llame señor. Solo tú. —Me empieza a pegar rápidamente, en una nalga y luego la otra.

Giro las caderas y me sacudo por el impacto.

—Solo me encanta cuando lo escucho de ti. Los demás pueden irse a la mierda.

Aprieto las nalgas. Me duele. Y mucho. Pero luego terminó. Veinte azotes en veinte segundos. Casi lamento que solo fueran veinte. Casi.

Jackson me acaricia el trasero tembloroso y gimo suavemente.

—No estoy seguro de que haya sido suficiente —sopesa—. No sabía cómo te lo tomarías. —Mete los dedos entre mis piernas y se me descontrolan los pensamientos.

—¿Deberíamos hacer otra ronda, gatita? ¿Veinte más?

—No.

El calor me recorre todo el cuerpo; mi coño llora por él.

—¿No? —Sus caricias son tan seductoras, los dedos se deslizan de arriba abajo por mis labios resbaladizos. Mi cerebro no puede entender que me está amenazando con más azotes con la cuchara de madera.

—¿Sí? —le digo.

Gruñe, con un tono grave y erótico. Más como un rugido de aprobación.

—Me gusta azotarte, gatita. Me encanta tenerte tendida sobre mi regazo para tus castigos.

—¿Y a quién más? —Logro decir porque, por alguna razón, soy una perra celosa cuando se trata de Jackson.

Deja de moverse.

—¿Cómo dices?

—¿A quién más has azotado?

Su risa grave va directamente a mis zonas erógenas, se me erizan los pezones y el coño se me aprieta.

—Solo a ti, nena. Solo a ti. —Vuelve a blandir la cuchara y me pega con ella.

Definitivamente no me gusta esta vez, ya que estoy adolorida por las primeras nalgadas, pero tampoco estoy dispuesta a decir que es demasiado. Aplica otra ronda rápida, y me retuerzo y chillo sobre su regazo.

—¡Ay, por favor! —grito al final, pero ya se iba a detener de todos modos.

Mete los dedos inmediatamente entre mis piernas y puedo notar que estoy tres veces más mojada que antes. Supongo que necesitaba una segunda paliza.

—Joder, tener este lindo culito temblando sobre mi regazo me da ganas de hacer esto toda la noche.

—Noooo —me quejo. Definitivamente no quiero una tercera ronda.

Él se ríe y me da la vuelta. Es un tipo grande y sé que es fuerte, pero juro que hace que parezca que peso menos de cinco kilos. Con una enorme palma envuelta alrededor del muslo, me abre las piernas y me levanta las caderas. Su boca llega a mi sexo y me gana un grito de los labios.

«Santo cunnilingus, Batman». Rodea con la lengua mis labios menores. Me chupa y mordisquea los labios y luego me succiona el clítoris.

Me meneo, lo araño y aprieto la boca para ahogar los gritos que no paran de salir.

Él gruñe y me penetra con el pulgar mientras continúa su tortura devastadora en mi sexo.

Acabo sin separarme de él, con un clímax que me recorre con suficiente poder como para alimentar un cohete.

—Joder, gatita. —Jackson retira la boca y mete y saca el dedo de mí, mirándome a la cara mientras acabo.

Una parte de mí piensa que debería avergonzarme de que esté viendo mi cara orgásmica, pero al resto de mí no le importa. O, más bien, cree que se merece el privilegio, ya que es él quien lo produce.

—Joder, joder, joder. —Oigo desesperación en el tono de Jackson. Los ojos le brillan con un color azul claro. Me voltea de nuevo, esta vez me coloca de rodilla en el mueble, con el torso colgando sobre el brazo del sofá. Me azota el trasero dolorido y oigo el movimiento de la ropa.

Me doy cuenta de que estoy a punto de perder la virginidad. Las cosas van muy rápido. Jackson respira de forma errática y con movimientos irregulares. Frota la cabeza de su pene con mi entrada empapada. No creo que se haya puesto condón. Una parte de mí está encantada de haber inspirado tanta pasión en él. La otra parte está… «ay».

Jadeo, las lágrimas me llenan los ojos cuando entra en mí y rompe la barrera.

Él se congela.

—Kylie, no.

Todavía estoy conteniendo la respiración.

—Nena, no. —Su torso cubre el mío y me aparta el pelo del rostro, tratando de verme. El miembro me llena y estira mi sexo. Ahora que ya ha pasado la conmoción inicial de dolor, se siente bien. Quiero que empiece a moverse.

—Lo siento mucho. ¿Acaso yo…?

—Sí. Estoy bien. Sigue.

Maldice y se sale de mí.

—Ni se te ocurra —espeto—. No me vas a quitar esto. Termina lo que empezaste, grandulón.

Él me acaricia la cadera.

—Kylie. —Escucho el pesar en su voz y me cabrea. No soy una puta muñeca de porcelana. O tal vez no quiere tener sexo con una virgen. Tal vez eso no lo calienta y haya perdido la erección.

—Ni se te ocurra —susurro de nuevo y se me quiebra la voz.

—Kylie. —Me trata suavemente esta vez. Me levanta e intenta colocarme en su regazo, pero me siento demasiado humillada. Me pongo de pie y corro al piso de arriba. Mi desnudez ya no me hace sentir seductora. Ahora simplemente me siento… vulnerable.

Jackson está pisándome los talones, pero, afortunadamente, no me toca.

—Kylie. Kylie, espera. Lo siento. Lo siento mucho.

Corro hacia mi habitación, pero cuando trato de cerrarle la puerta en la cara, la detiene con la mano.

Unas lágrimas de frustración me brotan de los ojos.

—Kylie, por favor. —Pone todo el cuerpo en el marco de la puerta, así que no hay forma de que la cierre. Me rindo y camino hacia la cama para ponerle la ropa que he cargado todo el día.

—Lo siento. Perdí el control totalmente. Ni siquiera me puse un maldito condón y no tenía idea de que eras…

Me doy la vuelta y lo miro con ira, lo que evita que la palabra salga de su boca.

Niega con la cabeza.

—Nunca planeé tener sexo contigo. Solo te iba a dar un poco de placer. Pero actuabas tan jodidamente ardiente y perdí el control. —Se pasa los dedos por el pelo, haciendo que se levante en todas direcciones—. Es mejor así, gatita.

¿Por qué parece que está rompiendo conmigo? Quiero arrojarle algo a ese rostro lastimero.

—Me alegro de que nos hayamos detenido. Yo… no puedo tener sexo contigo.

¿Qué carajo significa eso? Primero es Sam el que me dice que no va a funcionar y ahora Jackson también lo hace.

¿Por qué no puede estar conmigo? ¿Por qué? ¿Ya está casado? ¿Sufre de convulsiones? Simplemente no puedo entender qué hace que sea imposible para nosotros estar juntos.

Pero me siento demasiado frágil para sacárselo ahora.

—Necesito estar sola, ya —le digo.

Se le entristece el rostro.

—Claro, está bien. Pero, ¿te lastimé? Dime que no te lastimé.

Levanto la barbilla.

—No me lastimaste. —«No físicamente».

Jackson, por otro lado, parece que siente un dolor

enorme. Noto que aún está erecto bajo los pantalones caqui.

Mejor así. Eso le pasa por detenerse. Espero que esas bolas azules le duelan toda la noche.

~.~

JACQUELINE

JACQUELINE SE DA vuelta en la tierra y gimotea. Ya está demasiado vieja para esta mierda. Si su nieta no estuviera en un peligro terrible, se dejaría morir allí en el desierto.

Sería tan fácil. Sufrió tantas heridas de bala. Cuatro, al menos. Ni siquiera un cambiante debería poder sobrevivir a un disparo en la cabeza.

Pero todavía respira, así que eso debe significar que sobrevivió.

¿Cuánto tiempo ha estado aquí afuera?

Toda una noche y un día, al menos. A lo mejor más; perdió el conocimiento varias veces.

Pero la gata que lleva dentro se recuperó, le sacó las balas del cuerpo y cerró las heridas. Sin embargo, todavía tenía una alojada en la cabeza. Y ha perdido mucha sangre. Solo quiere dormir.

Pero Minette. Su *petite fille* está en peligro. Los hombres que la secuestraron van tras Minette. Tiene que pedir ayuda. Si tan solo pudiera transformarse.

Por lo general, si un cambiante resulta herido de gravedad mientras está en forma humana, su cuerpo naturalmente se transformará en la bestia para protegerse y curarse. Por qué sigue en su débil forma humana, no lo sabe. Debe tener algo que ver con la herida de la cabeza.

Necesita encontrar a otros cambiantes.

Solo han estado en Tucson una semana, pero ya había visitado al lobo alfa, Garrett, para presentarse hace unos días. Necesita llegar a él. Él podrá ayudarla.

Se obliga a ponerse de rodillas y manos y luego de pie. Tiene la ropa rígida, cubierta de sangre y suciedad. No puede oler el camino a la civilización porque nada más que el olor a sangre le llena las fosas nasales.

Tal vez sea mejor esperar hasta la mañana, cuando pueda juzgar la dirección del sol. Pero no quiere pasar otra noche de frío. No en forma humana.

«Transfórmate, maldita sea, transfórmate».

¿Por qué no puede transformarse?

~.~

Jackson

Soy el mayor imbécil del mundo. Camino en mi habitación, atento a cada crujido o movimiento de la habitación de Kylie.

Me siento horrible por quitarle la virginidad sin

preguntar. Sin siquiera usar protección. Peor aún, si las cosas hubieran continuado, la habría marcado. Ya era mitad bestia. No podía pensar en otra cosa aparte de tomarla. Reclamarla.

«Marcarla como mi pareja».

Sí, si no le hubiera tocado la barrera virginal, podría haberle hundido los colmillos cubiertos de suero directamente en el hombro, rasgándole la delicada carne humana y posiblemente la hubiera matado.

Pero el hecho de que le herí el orgullo, la insulté al detenerme, hizo que la situación fuera insufrible. ¿Cómo no me di cuenta de que era tan inexperta? En retrospectiva, debería haber sido obvio por los sonrojos, sin embargo, se comporta con tanta confianza, sexual y de todo tipo, que nunca lo supuse.

El lobo en mí se pavonea por ser el primero, lo que me disgusta aún más. Ni siquiera la hice sentir bien. Fui un cinco negativo en una escala del uno al diez.

Y, sin embargo, no sé cómo hacerla sentir mejor. No puedo terminar lo que comencé. Si aprendí algo esta noche, es que no puedo confiar en mí mismo. Especialmente con la luna llena.

Las emociones de Kylie tampoco son mi único problema en este momento. Alguien filtró la historia a la prensa y nombró a Kylie como la culpable. Mañana tendré agentes federales en la oficina, queriendo investigarla, y de ninguna manera puedo dejar que la encuentren.

Enciendo la computadora para comprobar cómo sale la historia en la prensa.

«La hija de un justiciero ladrón de arte hackea SeCure Corporation».

¿Ladrón de arte? Abro la historia para leer sobre Kylie.

«Kaye Anders, la hija del ladrón de arte Jacob Anders, quien se las hacía de Robin Hood, también conocida como Kylie McDaniel, podría ser la responsable de hackear SeCure Corporation y robar cientos de miles de números de tarjetas de crédito. McDaniel fue contratada por la empresa pocos días antes de que hackeara el sistema e instalara el malware.

»Sarah Smith, directora de Relaciones Públicas de SeCure Corporation, dice que los propietarios de las cuentas afectadas serán notificados lo antes posible y recomiendan la cancelación de todas las tarjetas de crédito afectadas por la filtración.

»Smith dice que se desconoce si McDaniel organizó la filtración como otro atraco al estilo justiciero, siguiendo los pasos de su padre. Jacob Anders era más conocido por recuperar el arte y otras antigüedades robadas por los nazis durante la Segunda Guerra Mundial y devolver los tesoros a sus legítimos propietarios o a museos. Su cuerpo fue descubierto en el Louvre en 2009 con múltiples puñaladas que, según los agentes de la policía, fueron infligidas por un compañero durante un atraco. Se descubrió que la pintura "Bailarina elegante" de Degas, una pintura que supuestamente se le confiscó al criminal convicto de guerra nazi Hedwig Model y que fue donada al Louvre, había desaparecido del museo de arte en ese momento.

»A McDaniel, cuyos otros alias incluyen el apodo de hacker Gatichica, la están buscando para interrogarla desde el asesinato de 2009 pero no ha vuelto a aparecer hasta ahora.

»Los funcionarios del FBI no estaban disponibles para

comentar, pero la portavoz de SeCure Corporation dice que trabajarán de la mano con las agencias policiales para ayudar en el arresto de McDaniel y presentarán cargos con todo el peso de la ley».

KYLIE, una ladrona de arte, además de ser la hacker más talentosa del mundo. Mi hermosa y talentosa gata ladrona. Pero joder, vio cómo asesinaron a su padre enfrente de ella. No es de extrañar que tenga trastorno post traumático. Tengo que protegerla.

Un gruñido retumba en mi pecho, mi lobo está listo para ir de cacería. Nadie va a tocar a mi gatita. No sé cómo arreglar esto, pero estoy seguro de que no voy a dejar que Kylie, o sea cual sea su nombre real, se lleve la culpa.

Contraté a una hacker y ladrona en mi empresa. La prensa va a ser un infierno.

Oigo un sollozo en su habitación, y me pongo de pie, salgo como un rayo hacia la puerta, pero me quedo afuera.

Otro sollozo.

Empujo suavemente la puerta para abrirla. Mi pequeña hacker está dormida de lado, con un brazo sobre la cabeza, la cual mueve de un lado a otro de forma irregular.

Tiene una pesadilla.

Me acomodo en la cama detrás de ella y acuno mi cuerpo mucho más grande contra el suyo.

—Tranquila, nena. Es solo un sueño.

Ella gime más fuerte.

—No puedo salir, no puedo salir, no puedo salir. —Respira de forma entrecortada, demasiado rápido, como lo hacía en el ascensor.

Descanso la mano sobre sus costillas y la sacudo levemente.

—Kylie. Gatita. Despierta, nena.

Ella se despierta con un grito.

Trato de taparle la boca, pero me doy cuenta de que eso solo empeorará la claustrofobia, así que regreso al esternón.

—Respira, nena. Inhala, exhala. Estás a salvo. Fue un sueño. Solo un sueño, gatita.

Deja escapar un gemido trémulo y la giro hacia mí para ver su rostro en la oscuridad.

Me rodea el cuello con los brazos y se aferra a mí, temblando.

Le froto la espalda.

—Tranquila, nena. Estás bien. No voy a dejar que nadie te lastime.

Tan rápido como se aferró a mí, se aleja, salta de la cama y se pone de pie.

La sigo.

—Kylie.

Me ignora y camina de un lado a otro, con los hombros encorvados, la cabeza inclinada como si estuviera pensando mucho.

Rechaza mi ayuda. Está luchando sola contra sus problemas, como lo ha hecho desde que era una adolescente. Quizás toda su vida. Quiero que ella vuelva a mí. Desesperadamente. Pero no sé cómo avanzar.

—Viste el asesinato de tu papá. —Deja de caminar y la respiración se le detiene de golpe—. ¿En el Louvre? ¿Dónde estabas? ¿En un conducto de aire?

Le tiemblan las rodillas y la agarro cuando cae. La

levanto en brazos, pero ella pelea conmigo. El olor de sus lágrimas me golpea, es salado y está lleno de dolor. No la dejo ir.

Ella me necesita, incluso si no quiere aceptar mi ayuda.

—Deja de alejarme —murmuro mientras me empuja el pecho—. Estoy de tu lado, nena. Deja de alejarme.

Se derrumba sobre mí, esconde la cara en mi cuello y me moja la piel con sus lágrimas.

—Maldito seas, Jackson. Maldito seas —solloza.

—¿Por qué, nena? —Le acaricio la cabeza—. Sé que soy un idiota, pero ¿por qué estás enojada?

—No quiero que me cuides tan bien.

Le encuentro la boca, le atrapo esos tiernos labios y entrelazo la lengua con la suya.

Ella se mueve en mis brazos, se me aferra al cuello y gira una pierna para montarme a horcajadas. Mi pene se siente pesado y le presiona la entrepierna, el calor de su sexo envía inyecciones de lujuria a través de mi torrente sanguíneo. Sin embargo, no voy a perder el control esta vez.

Mi hembra me necesita. Necesita consuelo, dulzura. Y, tan sorprendente que me cuesta creerlo, mi lobo se somete. La necesidad de protegerla triunfa sobre la necesidad de emparejarme. Mis dientes siguen siendo del tamaño de un humano, a pesar de la erección.

—No me digas que no puedes tener sexo conmigo. —Me abre la camisa de golpe y hace que salten los botones.

«Por los dioses y todas las cosas santas».

La llevo a mi habitación y la acuesto suavemente sobre su espalda. Le levanto la falda, retiro el centro de sus bragas hacia un lado y coloco la boca donde siempre quiere estar. Justo en su entrepierna. Saboreando su dulce esencia, dándole placer. Satisfaciéndola.

Se arquea y levanta las rodillas para abrirse de par en par.

—Eso es, nena. Déjame hacerte sentir bien.

Lleva una mano hasta abajo para ayudar y se frota el clítoris mientras la penetro con la lengua.

—Quiero tu pene, grandulón. Lo necesito aquí —se toca el coño.

Yo gimo.

¿Acaso puedo hacerlo?

Tengo que hacerlo.

Ella es mi hembra y me necesita. Hasta el lobo lo comprende.

Agarro un condón del tocador.

—Quítate la ropa —ordena—. Quiero verte por completo, Jackson King.

Sonrío y me saco la ropa con determinación, de pie bajo la luz de la luna casi llena que entra por la ventana.

—Te dejaré dar las órdenes, pero solo por esta vez, gatita. —Me coloco el condón en la longitud y sonrío ante la atención que me presta con esos ojos abiertos de par en par—. Porque la cagué antes. Pero no olvides quién blande la cuchara de madera.

Se le ruboriza el rostro y el olor de su excitación llena la habitación, incluso más fuerte que antes.

Agarro la base de mi pene y apunto en su dirección.

—¿Te gusta lo que ves?

—Por eso es que dolió —dice, pero está sonriendo.

—Quítate la ropa, gatita. Esa será una regla. Nunca debes llevar más ropa que yo.

Tomo el tono musical de su risa como otra victoria.

«Voy a cuidarte, nena».

Ella se quita la ropa y se recuesta. Veo por qué me engañó. No hay nada inocente en sus pechos con puntas de melocotón, la curva de sus caderas, su monte de Venus cuidadosamente recortado y sus piernas largas y bien formadas. Incluso con el sonrojo en que tiene en las mejillas, me mira con deseo. No sé cómo logró pasar tanto tiempo sin tener sexo, pero mi lobo da volteretas en el aire para celebrar que es el primero.

Quiero gemir. Quiero cantar. Adorar el altar que es su cuerpo por el resto de mi vida.

Me voy a mantener bajo control. Se lo debo.

~.~

Kylie

JACKSON SE ARRODILLA entre mis piernas. Su cuerpo es aún más increíble de lo que imaginaba: sus músculos son como mármol pulido. Tiene el pecho cubierto de rizos oscuros y su pene es de un tamaño… considerable.

Presiona mi entrada con la punta cubierta del pene y me arqueo, el placer fluye en mí, las caras internas de los muslos me tiemblan con anticipación. Respira más fuerte de lo normal, pero entra en mí con lentitud, a pesar de que ya labro el camino.

Esta vez no hay dolor, solo satisfacción. Me llena y se detiene para que me adapte. Levanto las caderas con impaciencia. «No soy frágil, amiguito». Necesito esto. Me lo merezco.

Jackson gime y trepa sobre mí, apoyando el peso en su puño al lado de mi cabeza.

Es enorme y se cierne sobre mí.

Antes de que pueda controlar mi reacción, me pongo rígida y trato de alejarme dando manotazos, necesito ver la salida.

Todavía enterrado dentro de mí, hace rodar nuestros cuerpos para que quede encima de él. Respiro profundo y relajo los músculos.

Me muestra las palmas de las manos como para demostrar que no tiene un arma, luego las coloca debajo de su trasero.

—Tienes el control, gatita.

Me muerdo el labio porque él ha dejado claro que le gusta estar a cargo. Y me encanta lo dominante que es. Simplemente no puedo soportar estar atrapada. Aun así, montarlo se siente bien y las caderas se me mueven por sí solas, se balancean sobre su enorme y dura virilidad. Inclino la pelvis hacia adelante para rozar mi clítoris con él, frotándome cada vez más fuerte y más rápido.

Abre la boca, mostrando los dientes, y aprieta los ojos con fuerza, su respiración se escucha cada vez más entrecortada.

Una oleada de energía me atraviesa al saber que lo estoy afectando tanto. Me emociona. Subo y bajo más rápido, las tetas me rebotan sobre su pecho. Le clavo las uñas en los hombros y lo recibo más profundamente.

—Mierda, gatita. Maldita sea —ruge. Se le contorsiona el rostro. Saca las manos de su posición autoimpuesta y me agarra las caderas. Estoy agradecida de que se haga cargo porque los músculos me están temblando, luchando por liberarse.

Me hunde sobre su pene, arriba y abajo, y luego grita, levantando las caderas de la cama conmigo encima con él, incluso mientras me sostiene en un ángulo más profundo de lo que creía posible.

Yo también grito, los músculos se me contraen alrededor del enorme pene, ordeñándolo en su totalidad con un movimiento de bombeo que está fuera de mi control.

Sin aliento y temblando, caigo sobre él, moldeo mi cuerpo al suyo y le acaricio el cuello.

Me rodea con sus grandes brazos y me abraza con fuerza. Esta vez, no siento miedo. Solo satisfacción plena.

—Bésame, nena.

Giro la cabeza y él atrapa mi boca, me besa agresivamente y me deja sentir sus dientes y lengua, poseyéndome.

Sí. Eso es lo que me gusta. Jackson al mando.

Me recuerda esa sensación de hogar. De pertenencia.

Su pene crece dentro de mí. Santo Dios. ¿De verdad está listo para una segunda ronda?

Él gime.

—Será mejor que te alejes de mí, gatita, o te pondré boca arriba y te penetraré hasta que olvides tu nombre. Y probablemente ya estés adolorida.

Lo estoy. Me bajo de él y reviso su pene para ver que sigue igual de grande.

—¿Jackson?

Lleva una mano para tomarlo y levanta el rostro, mirándome a los ojos.

—¡Se salió el condón!

Me sonrojo, como si hubiera hecho algo mal. No soy estúpida. He leído la revista *Cosmo*. Sé que eso pasa. También sé que ahora estoy en riesgo de quedar embarazada.

Jackson se levanta, me presiona las caderas contra la cama y hunde los dedos dentro de mí. «Santo momento embarazoso, Batman». Recupera el condón.

—Mierda. Lo siento, nena.

—Probablemente fue mi culpa —murmuro, tratando de alejarme.

Me agarra de la cadera y me hace girar hacia él.

—Oye. Estoy en esto contigo, pase lo que pase. No me arrepentiría si tuvieras un cachorro mío.

El corazón me late con fuerza, pero resoplo.

—¿Un cachorro?

—Una gatita —corrige rápidamente—. Me encantaría que me dieras una gatita. —Me regala una sonrisa devastadora.

Pongo los ojos en blanco. Al menos no dijo: «Yo te pago el aborto» o se asustó. Pero sí, son demasiadas cosas que afrontar. Acabo de tener sexo por primera vez. Dos veces, porque la primera vez fue una misión fallida. Luego se pierde un condón en mi vagina. Y ahora podría quedar embarazada nada más y nada menos que del chico que he estado deseando desde que era una adolescente. Ah, y puede que esté huyendo del FBI.

Si pudiera tomar un respiro y dormir más de un par de horas, probablemente podría lidiar con ello.

CAPÍTULO OCHO

 *ylie*

Nunca antes me había acostado con un hombre. No tenía idea de lo increíblemente maravilloso que sería. Lo bien que se siente estar acurrucada contra el cuerpo de un hombre, pero no el de cualquier hombre, sino el cuerpo de Jackson King, con su pesado brazo sobre mi cintura. Lo segura y cómoda que me sentiría.

No quiero que este romance breve e imposible termine. Pero la realidad llama. Me busca el FBI por robarle a la empresa de mi nuevo amante. Entonces, no, esconderme en su casa no va a funcionar por mucho tiempo.

Los primeros rayos de luz iluminan las ventanas. El pene de Jackson se contrae contra mi trasero, dándome una patada de lujuria por todo el cuerpo.

Me pregunto si le gusta el sexo mañanero porque a mí

me encanta. Sí, era virgen hasta ayer, pero la mañana es mi hora de masturbación.

Empujo el trasero contra su virilidad y su pene responde alargándose y metiéndose entre mis muslos. Jackson desliza una gran mano por mi costado y me agarra un pecho. Mece las caderas, cogiéndose el espacio entre mis piernas y rozando mi entrada con su dura longitud.

—Mmm, gatita. ¿Este coño está mojado de nuevo para mí? —Me masajea el pezón con dos dedos.

Eso parece.

Me pellizca el pezón y me retuerzo de sorpresa por el dolor.

Meto una mano entre mis piernas para llevar su pene hasta mi labia. Al menear lentamente las caderas, puedo frotarme el clítoris con él.

Gime y me muerde la oreja.

—¿Me quieres dentro de ti, nena? ¿Necesitas que te coja para despertarte esta mañana?

—Sí —respondo con voz ronca. Ajusto las caderas y dirijo el pene a mi entrada.

—Joder, nena, no tengo… —Se introduce en mí. Me estremezco de placer y se me contraen los músculos alrededor del pene.

El condón. Ah, sí.

—Ups —digo.

La respiración de Jackson se acelera y me agarra las caderas, metiéndose profundamente dentro de mí. Sé que debería detenerlo, decirle que busque el condón, pero es que siente taaaan bien.

—Sácalo antes de acabar —le digo.

Hace un sonido de dolor.

—Me detendré ahora —dice, pero continúa embistiéndome con una fuerza cruel y deliciosa. Con la fuerza que me agarra las caderas de seguro me dejará un moretón; sus testículos me golpean el trasero.

—Jackson... —jadeo.

Me empuja para colocarme boca abajo y me monta desde detrás, entonces me pone las muñecas por encima de la cabeza.

Afortunadamente, la claustrofobia no aparece. Tal vez porque la vista frente a mí no está bloqueada. Levanto el culo, adorando el ángulo nuevo, deseo más, lo deseo todo. Cada posición, cada variación, cada ritmo.

Un gruñido espeluznante y animal surge de Jackson y me giro para mirar por encima del hombro.

Y grito.

Grito a todo pulmón y no dejo de gritar.

Porque Jackson es un maldito vampiro. Le han salido colmillos y sus ojos son azul hielo. «Azul hielo». No son verdes en lo absoluto. Y el sonido que está haciendo no es humano. Me va a morder y convertirme en vampiro. Siento que me he metido de lleno en una película de terror.

Como la claustrofobia, mi terror es un ser vivo. No logro pensar, solo siento miedo puro alimentado por la adrenalina.

Afortunadamente, mi grito lo sorprende y se aleja lo suficiente como para que pueda salir de debajo de él. Agarro mi ropa del suelo y bajo las escaleras corriendo completamente desnuda. Descalza.

Salgo como un rayo por la puerta trasera y me paso la camisa por la cabeza mientras corro. Pensé que saldría al garaje, pero debí haberme confundido: estoy en el desierto que conduce directamente a las colinas. Oigo a Jackson llamándome detrás de mí, así que salgo disparada hacia la montaña.

—¡Kylie! —grita Jackson. Está afuera y suena furioso.

Ahora me doy cuenta de lo que habían estado tratando de advertirme. Sam y él dijeron que no podía estar conmigo. ¿Por qué no los había escuchado? Me detengo el tiempo suficiente para ponerme la falda de mezclilla y seguir corriendo. No voy a llegar muy lejos sin zapatos. Todo lo que hay a mi alrededor es roca y cactus, y mis pies ya están magullados. Me giro para mirar por encima del hombro, pero no veo que Jackson me siga.

Gracias a Dios, tal vez regresó para vestirse. Luego, una forma enorme sube por la colina. Un lobo plateado. Y viene directo hacia mí.

«Por amor a Dios». Jackson no es un vampiro. «Es un lobo».

No sé si eso es mejor o peor. ¿Los hombres lobo te infectan con su mordedura y te convierten en uno también? ¿O son los vampiros? No, los vampiros te drenan la sangre. Así que sí. Los hombres lobo infectan. Todavía me siento como si estuviera atrapada en esa película de terror, solo que se está volviendo más cursi.

El lobo está sobre mí en poco tiempo, pero no se abalanza de la manera… Joder. ¿Fue Sam quien me atacó afuera de la mansión? Este definitivamente es Jackson. Lo sé por los ojos azul hielo. Me toca la mano con el hocico.

—Aléjate de una puta vez.

Se reduce a sus cuartos traseros y chilla. Es enorme. El doble del tamaño de un lobo normal con un grueso pelaje plateado. Es un lobo hermoso, pero definitivamente letal.

Parpadeo, y se transforma en un hombre, de nuevo, agachado a mi lado. Desnudo.

—Oye. Estás a salvo. No voy a hacerte daño, gatita.

—¡No me llames así! —Mi voz ahogada suena un poco histérica. Por lo general, soy alguien que se enorgullece de poder mantener la calma, pero esta situación me ha desconcertado por completo.

Subo corriendo por la colina. En mi visión periférica aparece el lobo, trotando a mi lado, como si hubiera decidido convertirse en mi mascota.

—Lárgate —le ordeno. Como si tan solo fuera un simple perro que puedo enviar corriendo a casa.

Por supuesto, sigue trotando a mi lado.

Lo fulmino con la mirada.

—Entonces, ¿eres un hombre lobo? ¿Ese es tu gran secreto? ¿Y qué? ¿Tienes que morder a alguien en luna llena? ¿Algo así?

Jackson, o, mejor dicho, el lobo, vuelve a chillar.

—¿Qué quieres de mí? —lloriqueo.

Me lame la pantorrilla en movimiento.

—¡No! —le grito—. No me toques. Deja de seguirme. Lárgate. —Una piedra me retuerce el pie y caigo de rodillas con fuerza. El dolor me atraviesa toda la pierna. Aprieto los ojos enérgicamente, tratando de ignorarlo.

Cuando los abro, Jackson vuelve a tener forma humana. Desnudo. Me carga en brazos.

—No —protesto—. Bájame.

Baja la colina caminando con cara seria.

—Estás herida.

—No voy a entrar a esa casa contigo. —Mi lado terco ha surgido, inmune a la lógica. Si es un hombre lobo peligroso, que espera convertirme, no le importará adónde quiero ir.

Pero Jackson se detiene. Deja caer los hombros.

—Bien, entendido. —Empieza a subir por la colina a una velocidad increíble.

Le aprieto los hombros.

—¿A dónde me llevas? —jadeo.

—Tengo una cabaña en la montaña.

«Excelente. Me está llevando a un lugar aún más remoto para poder convertirme». Excepto que ya no tengo miedo. Ahora que el horror inicial se ha disipado, mi cerebro está comenzando a volver en sí.

—Jackson, ¿qué pasa cuando muerdes a alguien?

—Un suero me recubre los dientes. Impregna mi aroma en tu piel.

—¿Y me convierte en hombre lobo?

—No. —Sigue moviéndose a una velocidad vertiginosa, sus pies descalzos viajan por la montaña con zancadas largas. No puedo imaginar cómo los pies no se le rompen—. No convertimos a la gente —dice con rigidez, y me doy cuenta, un tanto entretenida, que pude haberlo ofendido.

—¿Pero estoy en peligro? ¿Qué hace el suero?

Deja de correr y cierra los ojos resignado.

—Cuando un lobo elige a su pareja, la marca con los dientes. Un suero de apareamiento le recubre los colmillos y deja permanentemente su aroma en ella, para que otros lobos sepan que ha sido reclamada.

Lo miro boquiabierto. Ilógicamente, un pulso caliente me late entre las piernas.

—¿Querías… quieres marcarme?

—No puedo —grita, una vez más ascendiendo por la montaña—. Una humana no podría soportar tal mordida. Los cambiantes se curan rápidamente, pero un humano perdería sangre, tal vez incluso moriría. Los cambiantes no se aparean con humanos.

Una nube parece posarse sobre nosotros.

—Ah. Es por eso que Sam dijo que no podías estar conmigo.

—Correcto. —Aprieta la mandíbula con tanta fuerza que juro que se romperá.

Una pequeña cabaña de troncos aparece a la vista. Agarra una llave de la parte superior del marco de la puerta y la abre. El interior es de una cabaña de montaña bellamente decorada, simple pero cómoda. Me lleva al sofá de cuero y me acomoda en él, con la espalda contra el reposabrazos y las piernas elevadas sobre los cojines. Mi tobillo ha duplicado su tamaño por la hinchazón y también tengo magulladuras y cortes en la rodilla.

—Te traeré un poco de hielo. —Jackson desaparece a la vuelta de la esquina. Cuando regresa, viste unos vaqueros y lleva un paño de cocina envuelto alrededor de una compresa fría. Se agacha a mis pies y coloca la compresa.

—Disculpa que entré en pánico.

Él niega impaciente con la cabeza.

—No, me alegro de que lo hicieras. Te habría mordido.

Dejo la mirada fija sobre el tobillo palpitante, incapaz de mirar a Jackson.

—Bueno, me siento halagada, supongo.

Deja escapar una risa áspera que no suena en absoluto

divertida. Cuando se pone de pie, se clava los dedos en el pelo como lo hizo anoche.

—Ahora lo entiendes. Soy peligroso para ti, Kylie.

Lo estudio con los ojos entrecerrados.

—No le tengo miedo al lobo feroz.

Sus ojos lucen angustiados.

—Aprende a temerles. Escucha, necesito ir a la oficina. Tengo que ocuparme de los federales. —Camina hacia un escritorio anticuado y levanta la tapa. En el interior, brillan las reconfortantes luces de un enrutador inalámbrico. Saca una computadora portátil y me la trae—. Puedes trabajar desde aquí. O regresaré a buscar el auto y te llevaré montaña abajo.

—Aquí está bien —respondo rápidamente. Por alguna razón, no estoy lista para volver a su mansión.

—Hay comida en la despensa. Te traeré algunas cosas para que no tengas que levantarte.

Se va y regresa con una hogaza de pan, mantequilla de maní y mermelada, junto con una lata de ostras.

—Desearía tener un analgésico para ofrecerte, pero los cambiantes no los usamos.

«Cambiantes». Todavía lo estoy procesando, pero ahora que lo hago, lo hace aún más fascinante y atractivo. No es de extrañar que me hubiera enamorado de Jackson King de adolescente. Es sobrehumano.

—Siento mucho haber entrado en pánico. Me da vergüenza. Ojalá pudiéramos volver a hacerlo y yo actuaría súper genial al respecto. ¿Podemos intentarlo?

Una sonrisa reacia amenaza con aparecer en los labios de Jackson.

—¿Cómo sería?

—Yo diría algo como: «Oh, eres un hombre lobo. Qué genial. No te olvides del condón».

Una sombra se extiende sobre su rostro, quizás ante el recordatorio del percance del condón.

—Soy malo para ti —dice con fuerza—. Esto... no funcionara.

Algo se me tensa en el plexo solar. Quiero agarrarlo y decirle que no tengo miedo, pero él me agarra primero, estampa sus labios sobre los míos, retorciéndose sobre mi boca con una intensidad vertiginosa.

Siento su desesperación en el beso.

Es una despedida.

—No me envíes mensajes. No quiero que nadie te rastree a través de mí. Regresaré esta noche. Tan pronto como pueda. ¿Quieres que envíe a Sam a ver cómo estás?

Niego con la cabeza, tragando mi decepción.

—No, estoy estupenda. Seguiré trabajando en el malware. ¿Jackson?

—¿Sí?

—¿Por qué no me han contactado si mi abuela todavía está viva?

Frunce el ceño.

—¿Quizás se estén aferrando a ella en caso de que necesiten más influencia sobre ti?

Niego con la cabeza.

—No, filtraron mi historia a la prensa. Definitivamente me están incriminando.

Me toca el hombro, y juro que siento cómo me transfiere su fuerza.

—No lo sé, pero mi instinto también me dice que está viva.

Me vuelve a besar y se quita los vaqueros. Todavía tiene el pene erecto, apetitosamente impresionante.

Esta vez miro mientras se transforma. Hay un destello en el aire y luego cae a cuatro patas, como un lobo enorme y hermoso. Me atrevo a extender una mano para tocarle pelaje y él la lame, luego lame la herida de mi rodilla para limpiarla. Me arde un poco. Recuerdo que un médico en México me recomendó que hiciera que un perro me lamiera un corte en la mano para que se curara más rápido. Mi papá y yo nos habíamos reído de la medicina tercermundista, pero, por supuesto, lo investigué más tarde, y tenía algo de verdad. Me pregunto si la saliva de un hombre lobo es incluso mejor.

Le acaricio las sedosas orejas. Quiero enterrar las manos en su pelaje, pero se gira y trota hacia la cocina. Oigo el movimiento de lo que debe ser una puerta para perros y se ha ido.

«Así que… Jackson King es un hombre lobo».

Ahora lo sé.

Me sorprende lo protectora que me siento de su secreto. Trabajaré aún más duro para arreglar todo en SeCure ahora que sé que el brillante director ejecutivo de la empresa es tan vulnerable a ser expuesto como yo.

~.~

JACQUELINE

.   .   .

JACQUELINE ABRE los ojos adoloridos y parpadea ante el sol de la mañana. Sigue en el desierto. Sigue en su forma humana. Con dificultad, se pone de pie y comprueba el ángulo del sol. Se eleva sobre la cordillera lejana, es decir, las Catalinas. Así que está en el lado oeste de las montañas de Tucson. Probablemente en algún lugar de Marana, donde los adictos al crack cocinan su metanfetamina.

No es la única que sabe cómo investigar cosas en línea. Su Minette cree que solo es capaz de hacer sopa...

«Minette».

Empieza a caminar hacia el este. Marcha con torpeza al principio, pero después de una docena de pasos, recupera la coordinación. Su oído sensible detecta el sonido de los autos a lo lejos. *Dieu merci*. Lástima que esté cubierta de sangre. Será difícil de explicar si algún automóvil se detiene.

Si tan solo pudiera transformarse.

Se pone a cuatro patas y cierra los ojos, deseando transformarse con todas sus fuerzas. El problema es que no se ha transformado con la suficiente frecuencia en los últimos años. Para mantenerse ágiles, los cambiantes deben pasar de una forma a la otra como un llamado de la naturaleza. Un cambiante que permanece demasiado tiempo en forma de bestia, olvidará cómo volver a ser humano y viceversa. Al vivir con Minette, su nieta mestiza que nunca se manifestó como cambiante, no podía dejarse llevar tan a menudo como le hubiese gustado. Especialmente cuando se escondían en las ciudades. Ahora, débil, hambrienta y herida, es aún más difícil invocar la magia.

«Recuerda». Recuerda cómo es. Piensa en la primera

vez que cambió en la pubertad, la alegría de perseguir a su hermana en los campos franceses. «Ahí».

La magia brilla a su alrededor. Se detiene para quitarse la ropa ensangrentada y no tener que luchar con ella después del cambio y la transformación. Ahora, para mantenerse oculta a los ojos humanos mientras corre hacia el centro. Al menos recuerda el camino.

Garrett le mostró un mapa una vez de su territorio en el lado oeste. Su manada se encuentra en el Parque Nacional Saguaro Oeste. Cercano al centro y su sede principal. Todo lo que tiene que hacer es seguir el cauce del río Santa Cruz hacia el sur.

~.~

Jackson

ENTRO A LA OFICINA como un puto gladiador. Cada empleado que se topa conmigo echa una mirada y la desvía. Incluso los humanos saben someterse cuando el dominante está de caza.

—El FBI está con el señor Anderson, señor —dice Vanessa y señala el despacho de mi director financiero. Luis también está ahí. Ya sabía esto por las quince conversaciones telefónicas mientras manejaba hacia acá, pero le doy un breve asentimiento.

Nadie de SeCure ha admitido haber filtrado la información sobre Kylie, lo que podría significar que tiene razón, provino de sus chantajistas. Aunque los chantajistas también podrían estar dentro.

No puedo detener la punzante sospecha de que aún hay más en este ataque que no hemos visto. ¿Se tomaría un hacker la molestia de secuestrar a una anciana e incriminar a alguien por menos de un millón de números de cuenta? Tal vez. Pero era arriesgado. No sé cuánto dinero lograron desviar, pero no tuvieron mucho tiempo. Los terminamos de expulsar ayer.

Entro al despacho de Anderson y me siento. Mi equipo ejecutivo está sudando. Esto es más presión de la que les he hecho pasar y no está ni si quiera cerca de terminar.

Luis les ha dado a los federales el expediente de Kylie y mueve la cabeza de arriba hacia abajo, de acuerdo con algo que están diciendo.

Me mira.

—Señor King, el FBI tiene su propio equipo de seguridad de información que les gustaría desplegar en nuestro sistema.

Asiento.

—Bien. Muéstrales la filtración y todo lo que hemos hecho para cerrarla.

Uno de los agentes se pone de pie y me tiende la mano.

—Agente especial Douglas.

Lo saludo.

—Jackson King.

—Señor King, tengo entendido que estaba haciendo preguntas sobre Kylie McDaniel antes de la filtración. ¿Tenía alguna razón para sospechar de ella?

Decido ir con la verdad. Si Douglas es lo suficientemente inteligente, seguirá mi lógica. Si no, no estamos peor que antes.

—En realidad, me preguntaba cómo la contrataron para el puesto. Se asumía que era una hacker, pero nada en su currículum nos indicaba eso. Quería saber quién la seleccionó para este puesto y por qué.

—¿Cree que tiene un compañero en el interior?

Me encojo de hombros.

—Tal vez. Hay algo muy extraño en todo esto y es más que una hacker de veinticuatro años que se hacía llamar Gatichica de adolescente.

—Hace mucho que se la asocia con ladrones justicieros. Este podría ser un ataque organizado con esa intención.

Evalúo al hombre. Parece perspicaz.

—Señor Douglas, me gustaría compartir información con usted en privado.

Mi equipo parece indignado, pero me levanto y camino hacia la puerta, sabiendo que Douglas me seguirá. Lo llevo a mi despacho y lanzo el paquete que Kylie me trajo la noche que comenzó todo.

—La señorita McDaniel se delató ante mí después de recibir esto —explico.

Douglas revisa los papeles, asimilando la información rápidamente.

—Pero de igual manera instaló el código. Desde su despacho, según entiendo.

Me froto la frente.

—Sí. La traje a mi despacho al día siguiente y le pedí que decodificara el malware desde una computadora fuera de la red.

—Pero aprovechó la oportunidad para instalarlo en la suya.

—Sí.

—Entonces, ¿qué cree que pasó? —Sostiene el paquete—. ¿Fue una artimaña para entrar a su despacho? ¿Para ahorrarse la molestia de tener que hackear sus cortafuegos?

Niego con la cabeza.

—No. Más tarde se puso en contacto conmigo para decirme que habían secuestrado a su abuela y la tenían como rehén. No liberaron a su abuela después de que cargó el malware, por lo que me ofreció ayuda.

—¿Cómo le contactó? —preguntó con dureza.

Aquí es donde se pone peligroso. Estoy seguro de que no quiero que busquen a Kylie en mi casa o cerca de mí.

—Me estaba esperando en el estacionamiento.

—¿La hacker que destruyó su sistema le estaba esperando en el estacionamiento y no llamo a la policía? Esta historia definitivamente es sospechosa, señor King. ¿Qué es lo que no me está diciendo?

La necesidad de proteger a Kylie hace que la ira se me agite en el estómago. No le contesto.

—Ah, ya entiendo. Siente algo por la señorita McDaniel, ¿no es así? —No falta la nota de desprecio en su voz—. Escuché que ustedes dos se quedaron atrapados en el ascensor en la primera mañana que estuvo aquí. ¿Cree que fue una coincidencia?

Una punzada de duda se me clava en el pecho. ¿Kylie orquestaría tal cosa? ¿Por qué? ¿Para acercarse a mí? ¿Para seducirme?

Pero no, el terror que sintió en el ascensor había sido

real. Ninguna mujer claustrofóbica elegiría un ascensor como escenario de seducción.

Camino por el despacho con las manos en los bolsillos.

—Así que se encontraron en el estacionamiento y se ofreció a ayudarlo. ¿Qué hizo usted?

—La dejé ir. —Estoy de espaldas a Douglas, mirando por la ventana de cuerpo entero. Mentir no es mi fuerte y no me gusta el deshonor que conlleva, pero haré cualquier cosa para proteger a mi pareja.

«Mierda». No es mi pareja. No puede ser mi pareja.

—No soy estúpido. ¿Dónde está, señor King?

Aprieto los puños.

—Está tratando de encontrar a su abuela —espeto.

Me mira fijamente durante un largo rato.

—Está bien —dice finalmente—. Daremos seguimiento a esa pista. —Me obligo a relajar la mandíbula—. Y cuando esté listo para decirme dónde encontrar a la misteriosa Gatichica, estaré esperando. —Lanza una tarjeta sobre mi escritorio—. Mi teléfono celular está ahí.

Asiento con la cabeza.

Recoge el paquete.

—¿Está bien que me lleve esto?

Me sorprende que pida permiso, pero probablemente sea solo una cortesía.

—Sí. Déjeme saber lo que averigüe sobre la abuela.

Hace una pausa de camino a la puerta.

—¿Estoy trabajando para usted, Sr. King?

Me aclaro la garganta. No está en mi naturaleza suplicar, pero esta ya es la segunda vez el día de hoy. Una vez a Kylie y la otra por ella.

—Por favor.

El fantasma de una sonrisa baila alrededor de sus labios.

—Lo mantendré informado.

Me dejo caer en la silla cuando se va. El alfa en mí quiere destrozar las cosas y aullar.

La luna está llena. Mi empresa está siendo atacada. Mi hembra está en peligro. Una humana conoce mi secreto, lo que significa que, según la ley de la manada, debo hacer algo al respecto. Y si bien habérselo dicho a Kylie debería haber terminado nuestra relación, ahora que entiende por qué no podemos estar juntos, mi lobo no deja de verla como mi maldita pareja.

~.~

GINRUMMY

EL PLAN SE ESTÁ DESARROLLANDO. Kylie hackeó SeCure e instaló el código. Eso funcionó. Al igual que la filtración a la prensa para que el FBI la descubra. No le importaba si el FBI la encontraba o no, el punto era simplemente desviarlos de su rastro.

El señor X dijo que se encargaron de su abuela. No preguntó qué significaba eso. Lo sabía.

Es hora de lanzar la próxima amenaza de chantaje. Se remueve incómodo en su asiento, el calor se le acumula bajo el cuello de la camisa. Los federales están por todo el edificio y todos están hablando de la reunión privada que King tuvo con uno de los agentes.

¿Qué diablos significaba? ¿Qué podría tener King que decirle al agente que no diría frente a su equipo ejecutivo?

No le gusta.

Pasó toda la mañana respondiendo las mismas preguntas sobre Kylie cuatro veces a diferentes agentes. Ahora, se supone que debe darles acceso al sistema SeCure para que su personal de seguridad de información pueda hacer sus propias investigaciones.

No tiene nada que esconder. Kylie cargó el malware; su IP o huellas no están en nada.

Revisa su teléfono. Ha llegado un mensaje del señor X. «Llamando a King, ahora».

Un músculo se le contrae en la mejilla. Esta es la parte del plan del señor X que va mucho más allá de la ciberseguridad y los números de tarjetas de crédito.

Están haciendo una jugada para acabar con toda la empresa. El robo de los números de tarjetas de crédito fue una distracción para la verdadera infección a los datos de respaldo, lo que le otorgó al equipo X la capacidad de borrar todos los registros almacenados por SeCure. Así que pedirle a SeCure que transfiera quinientos millones de dólares para restaurar los archivos no será demasiado. Si tienen éxito, será el mayor ataque de *ransomware* de la historia. Si no, ya robaron 500 millones en transacciones con tarjetas de crédito.

~.~

Kylie

AL ANOCHECER, cojeo hasta la ducha para asearme antes de que aparezca Jackson. No me ha contactado en todo el día y estoy ansiosa por verlo. Tocarlo. Siento el cuerpo adolorido por el sexo y subir la montaña corriendo, pero solo puedo pensar en tener las manos de Jackson sobre mí, en que me tome con la rudeza que él quiera, que me muerda y me marque como suya. Es como si la luna llena también me hubiera afectado.

Los rasguños en la rodilla parecen tener una semana en lugar de un día. Supongo que la saliva de hombre lobo es mejor que la saliva de perro.

Pasé el día hackeando varios sitios de compañías de tarjetas de crédito para obtener los datos de los números de tarjetas robadas. Según mi estimación, robaron alrededor de quinientos millones de dólares en las veinticuatro horas antes de que se notificara a los propietarios y se congelaran las tarjetas. Debe haber sido todo automatizado. Al usar las cuentas robadas de los comerciantes de pequeños proveedores, cobraron cantidades aleatorias de unos pocos miles de dólares en cada tarjeta de crédito. Nuevamente, sugiere que hay alguien de SeCure en esto, alguien que sabía qué datos encontrarían y cómo estarían configurados para tener preprogramada una fórmula tan compleja.

Sin contacto con Jackson, aunque sus razones para limitarlo son sólidas, el vacío se apodera de mí. No cree que pueda estar conmigo. Quiere estarlo, lo sé, pero cree que me hará daño.

Pero yo no tengo miedo. Se apartó cuando grité. Se resistió a pesar de mis insinuaciones. Tiene mucho más control del que cree. Y no tengo miedo de que me marque. De hecho, la idea me emociona. Tal vez por eso los hombres corrientes nunca me interesaron. Necesitaba a un sobrehumano.

Quiero saber todo sobre su vida de cambiante. Cómo es, cómo funciona. ¿Qué pasa en luna llena? Que es esta noche.

La puerta del baño se abre y se cierra y se me acelera el corazón. A través del cristal empañado de la puerta de la ducha, veo la amplia figura de Jackson.

—¿Jackson?

Un momento después, abre la puerta de la ducha. Está desnudo, con una erección palpitante que es aún más pronunciada que la de esta mañana. Los ojos azules me queman. Tiene las manos empuñadas a los lados, con una expresión oscura, furiosa. Hambrienta.

Recobro el aliento.

—¿Jackson? —Me tiembla la voz.

Entra en la ducha conmigo. Casi espero ver colmillos alargados cuando abre la boca, y me tenso, sin saber si voy a dejar que me marque o no.

—Quería cogerte en la ducha desde la noche en que apareciste por primera vez en mi casa. —Su voz es baja y grave—. ¿Crees que no te vi tocándote a través de la puerta de cristal empañada?

Un escalofrío de deseo puro me recorre, me baja por la

parte interna de los muslos y me encrespa los dedos de los pies.

Me agarra de las muñecas y me hace girar viendo hacia la pared de la ducha. Su tacto es reverente mientras presiona mis palmas contra la baldosa.

—Nueva regla —me murmura al oído—. No te tocar el coño sin mi permiso. ¿Entendido?

No, no lo entiendo, pero estoy demasiado excitada para hablar.

—Necesito escuchar un «sí, señor».

—Sí, señor. —Las palabras se me escapan incluso antes de saber que voy a pronunciarlas. El calor florece en mi interior al oír su tono dominante.

—¿Sabes por qué? —Su voz es como un retumbante ronroneo en mi oído.

—N-no.

Baja la mano para agarrarme el monte de Venus y desliza dos dedos a lo largo de mi húmeda abertura.

—Este coño me pertenece. Solo yo puedo darle placer. Es mi trabajo. ¿Entendido?

Dios mío, joder. Me tiemblan las piernas de deseo. No puedo hacer nada más que gemir en señal de asentimiento.

—Buena chica. —Me recompensa con un rápido movimiento de la yema del dedo sobre mi clítoris.

Se me doblan las rodillas, pero no importa, porque me abraza por la cintura para agarrarme y sostenerme mientras me penetra con dos dedos. Echo la cabeza hacia atrás hasta su hombro y cierro los ojos, perdida en el éxtasis de su toque, su ardor.

—Me dejaste con las bolas azules esta mañana, gatita.

Grito cuando presiona la palma de la mano sobre mi clítoris.

—Voy a tener que castigarte ahora.

—Sí —jadeo. «Castígame. Poséeme. Conviérteme en tu juguete». Quiero ser propiedad de Jackson. Que me marque, sin importar cuánto duela.

Retira la mano del espacio entre mis muslos y gimo decepcionada.

—Levanta el culo, nena.

Obedezco de inmediato y saco el trasero para recibir su castigo.

Me da una nalgada y grito. El agua hace que el picor sea más fuerte; las baldosas hacen eco del chasquido de su palma. Me azota la otra nalga y luego repite, de derecha a izquierda. Estoy en el cielo, la cacofonía de sensaciones, el agua de la ducha, el dolor de sus azotes, el placer de sus caricias, todo se mezcla para llevarme hasta el borde del orgasmo.

Jackson gime.

—Por los dioses, me encanta darte nalgadas. Debería darte con un cinturón por cómo me dejaste hoy. —Su voz es un estruendo profundo que parece entrar a mi cuerpo por cada poro.

Cuando no me niego, maldice.

—Te voy a coger tan fuerte, gatita, que no podrás caminar bien. Entonces entenderás a quién le pertenece este coño.

Lanzo una mirada de soslayo por encima del hombro, en busca de los colmillos. La dominación es ardiente, pero también excesiva esta noche y no estoy segura de si está bajo control. Cuando balanceo mi peso, el dolor en el tobillo es punzante.

Jackson se lanza hacia adelante, me agarra por debajo del muslo de la pierna herida y me levanta la rodilla hacia la pared de baldosa. Su cuerpo se amolda contra mi espalda y la cabeza del pene me presiona en mi entrada.

—¿Estás bien, nena? —Sus labios me rozan la oreja mientras habla.

Si es posible, el coño se me humedece aún más. Sí está bajo control. Me está protegiendo, como lo ha hecho desde el principio.

—Sí —jadeo.

—Agarralo y guíame.

Obedezco, bajo la mano a mis piernas y dijo su pene hacia el punto ideal de entrada.

Se introduce lentamente, separándome, llenándome deliciosamente centímetro a centímetro. La posición es tan lasciva y su dominio es tan extremo que me siento como la estrella de una película porno. Jackson canturrea satisfecho detrás de mí y luego empuja hacia arriba.

—Tómalo todo —gruñe.

Grito. Es el tipo de dolor bueno, profundo y delicioso. Su pene me expande y me toca la parte frontal de mi entrada con cada embestida.

—Maldición —gimo.

—Aún no, nena. —Jackson debe estar hablando a través de dientes apretados. Se apoya con una mano contra la pared de la ducha junto a mi cabeza y continúa arremetiendo contra mí.

Las olas de placer se contraen dentro de mí.

—Por favor.

—Por los dioses, nena. ¿Me estás rogando? Sigue rogando. Eso me la pone tan dura, gatita.

Las lágrimas me arden en los ojos. Estoy desesperada por acabar. La única pierna que tengo en contacto con el piso me tiembla tanto que es una maravilla que me sostenga.

—Por favor, por favor, Jackson —le suplico.

Un sonido inhumano se le escapa de la garganta y me congelo. Me penetra tan profundo y duro que veo estrellas. Otro rugido estalla contra las paredes de la ducha y Jackson se sumerge profundamente, me levanta por completo y me atraviesa con su pene en erupción. Me agarra por la cintura, todavía sosteniéndome la rodilla levantada con la otra mano.

Me contraigo alrededor de su pene y el clímax sale en espiral de mí con una serie divina de apretones y estremecimientos, hasta que me siento desmayada y débil de placer. Todo el tiempo estoy esperando la mordida, pero nunca llega.

No puedo decidir si estoy decepcionada o aliviada.

—Recibes muy bien mi pene, nena. —Sus labios están de nuevo en mi oreja, su voz ronca profunda y seductora —. Abre los ojos y mira dónde estás.

¿Todavía tengo los ojos cerrados? Parece que sí. Los abro lentamente. Todavía estoy con la nariz contra las baldosas de la ducha; el cuerpo musculoso y duro de Jackson me presiona por la espalda.

—Estamos en un espacio pequeño, ¿no lo crees?

Me revolotea el corazón. Es un espacio muy pequeño. Y la salida está bloqueada. Y no tengo el menor miedo.

Dejo escapar una carcajada.

—Lo es.

Me muerde la oreja.

—Sobreviviste. —Sale de mí y gentilmente me da la vuelta. Sus ojos siguen siendo azules y sus dientes se ven más afilados de lo habitual, pero claramente es Jackson el hombre, no el lobo.

—No tengo miedo cuando estoy contigo. —Es verdad. Ni una pizca de claustrofobia.

Él niega con la cabeza.

—No tienes que volver a tener miedo nunca más. Lo has conquistado.

No estoy segura de compartir su confianza en mí. Esta situación es especial. La próxima vez, probablemente no tendré a un hombre digno de una diosa penetrándome a la luz del día para hacerme olvidar el miedo. Pero me encanta que lo recuerde. Que le importe.

Le sonrío.

—Quizás deberíamos practicar un poco más para estar seguros.

La agonía le ensombrece la expresión.

—No estoy seguro de que pueda sobrevivirlo. Necesito salir de aquí y correr. De lo contrario, terminaré atándote a la cama y penetrándote por las próximas ocho horas. Y eso es si tienes suerte y no pierdo el control.

«Y muérdeme. Márcame como tuya».

Nuevas ondas de calor se esparcen dentro de mí. Nunca me había sentido tan deseada en mi vida. Sí, sé que tengo un cuerpo atractivo e incluso lo he usado en ocasiones para mi ventaja. Pero este lado animal de Jackson, este estado enloquecido de que no puede estar cerca de mí si no me está montando, me hace sentir como Helena de Troya. O la sirena más irresistible.

Se quita el condón y sale de la ducha para deshacerse de él. Cuando salgo, me abre una toalla. No me la entrega simplemente, sino que espera a que camine hacia él y luego me envuelve en ella. Hay una familiaridad en el gesto, como si fuéramos una pareja desde hace mucho tiempo, relajados con los pequeños detalles. De repente, lo deseo tanto que quiero quedarme y que Jackson King sea mi normalidad. Mi manada.

Pero ya ha dicho que no puede pasar. Tiene que emparejarse con otro cambiante. No conmigo.

El dolor casi me ciega. Me doy la vuelta para que no lo lea en mi cara. Necesito rescatar a Mémé y salir de la ciudad. La culpa por siquiera pensar en un hombre cuando ella me falta me retuerce el estómago.

Sí, encontrar a Mémé y salir de la ciudad es el único final que tiene sentido en esta historia. Solo rezo para que siga viva. Ella es el único hogar que tengo.

~.~

Jackson

No sé cómo sobreviví a coger con Kylie sin marcarla. Mis dientes estaban dispuestos, el suero me cubría los colmillos, pero de alguna manera mantuve al lobo bajo control. Porque tenía que hacerlo. Para proteger a mi hembra.

Sí, le acabo de sacar el dedo a la enfermedad de la luna. Tomar a la hembra con la que mi lobo desea emparejarse desesperadamente sin morderla debería hacerme ganar una medalla de oro. Pero todo mi cuerpo ansía transformarse. Y no sé qué pasará después de que le dé rienda suelta al lobo.

Me amarro una toalla alrededor de la cintura y me dirijo a la puerta trasera donde bloqueo con una barricada la puerta gigante para perros. Lo último que quiero es entrar después de correr bajo la luna llena y atacar a Kylie.

—No me dejes entrar si estoy en cuatro patas —le advierto.

Me ha seguido afuera, también vestida con una toalla. Se me ocurre que le vendría bien una muda de ropa, ha estado usando mi ropa o la misma falda de mezclilla y camiseta por tres días, y me siento como un idiota por no remediar la situación. Algo pequeño comparado con su abuela desaparecida. Tiene los ojos muy abiertos, pero asiente con valentía. No es de extrañar. Es mi pequeña ladrona hacker que robaba pinturas de un millón de dólares a los diez años.

En algún lugar afuera en la montaña, Sam aúlla, llamándome para que corra.

—Me tengo que ir. Cierra la puerta cuando salga y no la abras. ¿Entendido?

Otro asentimiento.

La agarro para darle un beso rudo, nuestras bocas fusionándose, y nuestras lenguas se entrelazan con suficiente ardor para sacarme los colmillos de nuevo. Necesito de todo mi autocontrol para alejarme de ella, transformarme y salir corriendo a la noche.

~.~

Kylie

Me despierto con el sonido de un aullido justo afuera de la cabaña. Los pelos de la nuca se me erizan ante el espeluznante sonido. Un lobo.

Miro el reloj: las cuatro de la mañana. Me desmayé en la cama grande y cómoda del que supongo era el dormitorio principal justo después de que Jackson se fuera. Y ahora, al parecer, ha vuelto. Pero está en cuatro patas, lo que significa que no puedo dejarlo entrar.

«Pum». Eso sonó como si arrojaran un cuerpo contra la puerta trasera. Está tratando de entrar. Salgo de la cama y cojeo hasta la cocina en la parte trasera de la cabaña. No llevo nada más que una de las camisetas de Jackson, que encontré en la cómoda. Miro por la ventana y veo a Jackson, en su forma de lobo plateado gigante, empujándose contra la puerta para perros bloqueada.

El lobo negro, que debe ser Sam, aparece detrás de él y le muerde levemente una pata trasera.

Jackson se voltea hacia el lobo más pequeño y lo ataca. Los dos ruedan por el suelo y sus horribles gruñidos llenan el aire. Parece más que un juego. Los dientes de Jackson chasquean y el gemido de respuesta de Sam suena adolorido.

Una vez más, Jackson corre y lanza su enorme cuerpo contra la puerta. En serio está tratando de derribar la puerta. El hecho de que no se limite a transformarse y usar el pomo me dice que es incapaz de hacerlo. Y por eso me dijo que no lo dejara entrar.

Me recorre un escalofrío que nada tiene que ver con el aire fresco de la montaña.

Entonces, ¿qué está haciendo Sam? ¿Está tratando de protegerme? ¿De mantener alejado a Jackson? Parece que sí, porque el lobo más pequeño viene una vez más detrás de Jackson, lo muerde y huye antes de que Jackson pueda regresarle la mordida. Cuando Jackson lo ignora y vuelve a embestir la puerta, Sam repite la acción.

Esta vez, Jackson se mueve más rápido y le muerde el flanco de Sam. El lobo aúlla lastimeramente y mi mano vuela a la manija de la puerta. Necesito detener esto antes de que Sam salga lastimado. Pero no soy uno de ellos. ¿Qué sé yo sobre cómo detener una pelea de lobos? Quizás esto sea solo un juego de luna llena.

Pero no. Jackson sigue enfocado en Sam, aun cuando Sam se da la vuelta y le muestra la panza. El gran lobo plateado va por la garganta. Grito al mismo tiempo que Sam se transforma en humano.

—Jackson. —La urgencia en el tono de Sam me asusta.

Por amor a Dios, si las mandíbulas de Jackson se cierran sobre la garganta de Sam en forma humana, ¿lo matará? Salgo volando por la puerta, necesito ayudar.

La mirada ámbar de Sam se vuelve hacia mí, alarmada.

—¡No!

Jackson gira y salta a los escalones en un arco único e imposible. Su hombro me golpea la cintura y me lanza contra la puerta.

—¡Uf!

Sam se transforma de nuevo en lobo, da un elegante salto similar, aterriza encima de Jackson y lo tira por los escalones. Los dos pelean de nuevo.

Me trago un grito. El sentido común me dice que vuelva corriendo al interior de la cabaña y cierre la puerta, pero no puedo dejar que Sam se quede aquí y salga lastimado por mí. No puedo.

—¡Jackson! —grito para distraerlo.

Levanta la cabeza con un gruñido feroz y ataca una vez más.

Sam se mueve más rápido, salta por el aire y aterriza entre nosotros. Una vez más, cambia a su forma humana y alcanza el pomo de la puerta.

—Quédate adentro.

Jackson también se transforma y pega a Sam contra la pared, estrangulándolo con su antebrazo en la tráquea. Sus ojos son azul hielo, inquietantemente inhumanos.

—Aléjate de ella.

Sam levanta las palmas en señal de rendición.

—Eres… peligroso —jadea.

Por un momento, creo que Jackson lo matará, pero el color de sus ojos comienza a tornarse verde y libera a Sam, quien jadea y se agarra la garganta. La sangre le gotea por la pierna debido a la mordedura anterior.

—Sam —dice Jackson con voz ronca, el dolor palpable a través de la única sílaba. Acuna la cabeza de Sam y apoya la frente contra la del joven—. Demonios. Gracias. Lo siento.

—¿Estás bien? —pregunta Sam, lo cual debería ser al revés, ya que es él quien está herido. Pero sé que realmente está preguntando si Jackson está bajo control.

—Sí. —Jackson me agarra del brazo y me hace girar para darme un azote en el culo—. Entra, hembra. Te dije que no abrieras esa puerta.

Las mariposas se despiertan en mi vientre ante la insinuación del castigo por venir.

—¿Quieres que me quede? —Sam pregunta mientras me dirijo al interior, como se me ordeno.

—No, ya estoy de vuelta. Gracias, hermano. —Hay una solemnidad en la forma en que habla, como si estuviera pronunciando un juramento o un voto solemne. Un escalofrío al reconocer sus roles en la manada me pone la piel de gallina.

Jackson entra en la cabaña, con el pene completamente erecto balanceándose mientras camina. Es un espectáculo increíble: salvaje, con olor a pino, tierra y aire nocturno. Sus músculos se hinchan y se mueven mientras se inclina para arrojarme sobre su hombro. Su expresión es oscura. Voraz.

—Jackson. Jackson. ¿Estás bien?

Me lleva al dormitorio y me pone de pie.

—No lo sé. Dímelo tú. ¿Está bien desobedecerme? —Me arranca la camiseta con un rápido tirón. Envuelve un puño en mi cabello y tira de mi cabeza hacia atrás.

Estoy increíblemente excitada y un poco asustada, porque no es enteramente Jackson. Hay un hambre feroz en su rostro, una violencia controlada justo debajo de la superficie.

Me patea los pies para separarlos.

—Abre las piernas.

Le obedezco.

Deja caer la palma sobre mi coño con una bofetada disciplinaria.

—Más.

Las extiendo más. Me azota el coño de nuevo, aún controlándome la cabeza con el pelo.

—Responde la pregunta. ¿Está bien desobedecerme, gatita?

En cualquier momento, le diré que se calme un poco, que se asegure de que esto sea un juego y no real. Pero, aparentemente, no quiero eso, porque mi coño húmedo ansia su toque y el único sonido que fluye de mis labios es:

—N-no.

Otro azote. Y otro. Duele y me excita al mismo tiempo. Una y otra vez. Continúa azotándome las partes femeninas. Me tiemblan las piernas y me pregunto si puedo acabar solo con azotes en el coño.

No logro averiguarlo.

—Chica mala —me murmura en el oído. Me masajea el trasero con una enorme palma. No suena en lo más mínimo enojado. Todo lo que escucho es emoción. Seducción. Me mete un dedo entre las nalgas y me presiona el ano.

Doy un salto sorprendida y aprieto las nalgas por la vergüenza.

—Voy a tener que cogerte el culo por esto.

Me suelta el cabello y camina alrededor de la cama para tirar las almohadas en el centro.

Mis pobres y temblorosas piernas apenas me sostienen y el estómago se me agita.

—Jackson, no creo que... —me detengo, mirando la enorme erección. «De ninguna manera»—. Eres demasiado grande. No creo que pueda tomarte.

Sale de la habitación y oigo una risa oscura. Cuando regresa, sostiene una botella de aceite de oliva de la cocina.

—Oh, pero sí que me tomarás, niña. Tomarás cada centímetro de mí. Ese es tu castigo. Cuando me desobedeces, gatita, lo recibes por el culo.

Suena como una idea horrible. Una idea aterradora, maravillosa y horrible. Pero no me atrevo a negarme. Mi cuerpo está envuelto en una espiral apretada, desesperado por alcanzar el orgasmo.

Me da una nalgada.

—Acuéstate sobre las almohadas, nena. Voy a ser dueño de ese cuerpecito tuyo.

Algo parecido a un maullido sale de mis labios, pero me encuentro obedeciéndolo, me tambaleo hasta la cama y me subo a las almohadas. Para mostrarle mi trasero como un pastel en bandeja de plata.

Hay un oscuro murmullo de aprobación. Miro por encima del hombro mientras él se pone el condón, se vierte una generosa cantidad de aceite sobre el pene y luego suelta otro chorro a lo largo de mi orificio.

Se arrastra sobre mí, con una mano empuñando el pene y la otra esparciéndome el aceite en el trasero, alrededor del ano.

—Hay consecuencias por desobedecer a tu alfa. — Empuja la cabeza del pene contra mi ano y espera.

Me tenso y aprieto al contacto, pero, un momento después, los músculos ceden. Tan pronto como se relajan, Jackson empuja hacia adelante y penetra mi estrecho agujero.

Dejo escapar un grito de dolor.

Se queda quieto, estirándome, y espera a que me calme. El cuidado que tiene me asegura que está bajo control y cedo, ordenándole a mi pelvis que se relaje. Empuja más y el estiramiento se vuelve más intenso, luego se calma.

—Ahí. Esa es la cabeza. Estoy adentro, cariño. Ahora, recibe el resto de mí.

Gimo, pero dejo que todos mis músculos se relajen, arqueo un poco la espalda y espero.

—Buena chica —ruge y sube una mano por mi costado para acariciarme la piel.

El elogio envía ondas de calidez a través de mí y me arqueo un poco más.

—Eso es, nena. Tómalo como una buena chica y te besaré ese coño madurito cuando termine. —Entra y sale con suavidad, dándome una tremenda sensación de necesidad cada vez que me llena.

Tengo el culo lleno con su pene, pero siento el coño trágicamente vacío. Llevo una mano a mi entrepierna para remediar la situación. Mi carne está jugosa, hinchada y casi irreconocible, incluso para mis dedos experimentados.

Jackson gruñe y me agarra la muñeca para sacarme la mano.

—Mío. ¿Qué te dije sobre tocarte el coño? Solo yo

puedo dominar esta dulzura. —Cubre mi cuerpo con el suyo y estira la mano para tomarme el monte de venus. Es exactamente lo que necesitaba. Los temblores comienzan a recorrerme el cuerpo.

—Jackson. —El grito ronco ni siquiera suena como mi voz—. Jackson, por favor.

—Así es, nena. Ruégame. —Coge velocidad, embistiéndome el culo mientras sus dedos me penetran desde abajo. Estoy mareada por la lujuria, drogada por la necesidad. La cabaña da vueltas y vueltas.

—¡Jackson! —La habitación se llena de gritos apasionados que deben ser míos.

Un gruñido y un rugido los atraviesan y Jackson se entierra profundamente. Agarro sus dedos en mi coño, los empujo más profundo y los mantengo allí mientras acabo, también, mis músculos vaginales se contraen y el ano se aprieta alrededor de su enorme miembro.

Se retira demasiado pronto, tropezándose hacia atrás, y me giro para ver lo que ya sé que estará allí. Colmillos.

Se arranca el condón y lo descarta. Luego viene por mí.

~.~

Jackson

. . .

Si no tengo suficiente de Kylie, moriré. Necesito poseerla en todos los sentidos.

Dioses, casi mato a Sam ahí fuera. Mi lobo olió a Kylie en la cabaña y necesitaba entrar con una desesperación que me estremeció. Cuando Sam trató de interferir, el lobo pensó que me estaba desafiando por ella. Gracias al cielo que se transformó o seguramente me habría vuelto loco por la enfermedad de la luna.

Incluso ahora, el hecho de que acabo de tener un orgasmo no alivia la feroz necesidad que me atraviesa. Ruego que, si sigo reclamándola, complaciéndola, poseyéndola, eso apaciguará a mi lobo lo suficiente como para que no la marque.

Saco las almohadas de debajo de su trasero en forma de corazón y le doy la vuelta. Le separo las piernas. Coloco la boca sobre su vagina y lamo y chupo como si mi vida dependiera de ello.

Ella está débil al principio, deja caer las rodillas y aún está lánguida después del orgasmo. Pero lleva los dedos a mi pelo cuando le toco el clítoris con la lengua y deja escapar un frágil gemido. No paro. Ella sabe a cielo. Me deleito con sus jugos, devorándola. Le froto el clítoris, le succiono y pellizco los labios.

Ella me jala el cabello, con gritos roncos que se le escapan por la garganta. Es increíble, la forma en que se entrega a mí, tan dispuesta a recibir todo el placer que necesito derramar en ella. Su cuerpo inexperto es infinitamente sensible. La penetro con dos dedos, encuentro el punto G en su pared interior y lo masajeo hasta que el tejido se endurece y se arruga.

—Jackson. Jackson. Por favor. No puedo soportarlo más. —Ciñe las rodillas alrededor de mi cabeza.

La penetro con la lengua y los dedos y luego vuelvo a chuparle el clítoris, metiendo y sacando tres dedos de ella hasta que tiene un orgasmo por tercera vez esa noche, su canal se aprieta y se relaja mientras deja escapar un grito largo y agudo.

Ojalá fuera suficiente. Sé que ya he agotado a mi pequeña humana. Preciosa y hermosa hembra.

Me subo para sentarme en la cama y la pongo sobre mi regazo. Su olor me vuelve a poner en modo animal. Le azoto el bonito culo, rápido y duro.

—Joder, gatita. El olor de tu excitación me vuelve loco. Siempre puedo oler cuando estás excitada. Lo supe el primer día en el ascensor después de tocarte.

Ella gime y me doy cuenta de que la estoy lastimando, pero parece que no puedo parar. Se siente tan malditamente bien azotarle el jugoso culo y los pequeños gruñidos que hace solo alimentan mi frenesí. Mi lobo comienza a aullar.

La azoto hasta que el trasero se le pone rojo.

—¡Lo siento! —llora y le paso la mano por debajo de las caderas para acariciarle el pequeño clítoris de nuevo. Sigo azotándola, amando la forma en que sus nalgas rebotan bajo mi mano.

—No necesito tus disculpas. Solo necesito que te rindas. Esta es la única forma en que evito que mi lobo te marque.

Ella se retuerce sobre mi mano, su coño me llena los dedos de jugos.

—¿Te gusta eso, nena?

—No.... sí... ohhh —jadea—. Demasiado. Es demasiado, Jackson. No puedo soportarlo más.

La bajo de mi regazo, pero no puedo detenerme.

—Dentro de ti —gruño. La levanto sobre las manos y rodillas y luego la obligo a bajar la parte superior del cuerpo, de modo que su cara se presiona contra las sábanas. De alguna manera, milagrosamente, recuerdo ponerme otro condón. Me lo pongo y entro en su húmeda estrechez. Los colmillos me sobresalen más; un gruñido me sale de la garganta.

«No la marques. Solo coge».

«Aparéate», ruge el lobo.

«Solo. Coge».

Mis bolas la golpean, introduzco y saco el miembro de su estrecho canal. Ella me toma todo en esta posición, me toma hasta lo más profundo. Me tiemblan los muslos y se me tensan los testículos.

Ella gime y chilla, su llanto es lastimoso y desenfrenado a la vez. Su coño todavía está húmedo y dispuesto. Generoso en lo mucho que necesito penetrarla.

«Solo coge, solo coge, solo coger. No la muerdas».

Acabo de nuevo con un rugido. Los gritos de Kylie se unen a mi gruñido y llega al orgasmo, ordeñándome el pene con músculos tensos, sacando aún más semen de mí. Me estremezco, con escalofríos y un calor que me recorren como si tuviera fiebre.

Kylie deja escapar un sollozo cuando me salgo de ella. Me deshago del condón y percibo un poco de sal. «No». Una lágrima le cae por la nariz.

El olor inmediatamente derrumba por completo a mi lobo. Gime y se retira. La bruma inducida por la lujuria sobre mi cerebro se disuelve. «Oh, dioses, mi hembra. ¿La he lastimado?»

—Nena, nena, nena —la conforto. La tomo en brazos y la acuno contra mi pecho. Me acomodo en la cama—. ¿Te lastimé?

—No… simplemente exhausta. —Ella mete la cabeza debajo de mi barbilla y su cuerpo inerte se amolda al mío.

—Dime que estás bien —le suplico.

Me besa el cuello.

—Sí. Estoy bien. Te quiero. —Me quedo quieto y ella se pone rígida cuando parece darse cuenta de lo que se le escapó—. Es decir…

—Silencio. No te atrevas a retractarte —le advierto. Le sostengo el rostro con la palma y lo levanto para mirar sus cálidos ojos marrones.

—Te quiero. —No digo que yo también la quiero porque no quiero que suene menos serio que su admisión. Lo pronuncio como un voto. No sé cómo diablos voy a hacer que las cosas funcionen con una humana, especialmente si cada luna llena es así, pero tengo que intentarlo sin lugar a dudas. No la voy a dejar por nada del mundo.

Y eso significa que necesito eliminar todas las amenazas hacia mi hembra.

—Kylie, necesito saber qué pasó en el Louvre.

Parpadea sorprendida e intenta alejarse. Literalmente puedo ver su retiro emocional ante mis ojos.

—No huyas —ordeno—. Mírame. Necesito saberlo.

—¿Por qué?

—Has estado escondida desde entonces. Y ahora has sido expuesta. ¿Estás en peligro?

Ella niega con la cabeza.

—No durante los próximos siete a diez años.

—Dime.

—Fue el compañero de mi padre en el robo. Una traición. Mi padre planeaba devolver la pintura a sus legítimos propietarios, parientes de la familia judía a quienes se la robaron durante la guerra. Tan pronto como tuvieron la pintura, apuñaló a mi papá y tomó el lienzo. No sabía que yo vendría. Nunca supo que había un testigo. Me quedé escondida por precaución. Pensé que, si sabía dónde encontrarme, me querría muerta. Pero, curiosamente, se convirtió en víctima de bastantes ciberataques en los últimos años, incluyendo uno que robó suficiente evidencia para que el FBI lo encontrara. —Mi pequeña guerrera valiente me sonríe—. Entonces, estoy a salvo por ahora. Hasta que salga de la cárcel y venga a buscarme.

Gruño. «No es suficiente». Juro eliminar esa amenaza por completo. Pero al menos sé, por ahora, que está a salvo por ese lado.

Kylie levanta la barbilla.

—¿Que pasa contigo? ¿Alguien te quiere matar?

Me froto la frente.

—Tal vez. Si volviera a casa, probablemente me desafiarían.

—¿Por qué?

De repente me duele la cabeza. Apoyo mi frente contra la de ella.

—No quieres saberlo, nena.

—Te dije mi secreto. Dime el tuyo. —Su voz es firme, sus ojos claramente desafiantes. Mi hembra es una alfa por completo.

—Maté a mi padrastro. —La única persona a la que le

he contado antes es a Sam, aunque Garrett puede que lo sepa si ha investigado mi historia.

Debo reconocérselo, Kylie no se inmuta, no muestra ninguna conmoción. Me acaricia el rostro.

—¿Qué pasó?

—Él era el líder de la manada. Alfa. Un imbécil de primera clase. Golpeaba a mi madre regularmente. No como una nalgada, sino en la forma en que los lobos establecen el dominio. Con los puños.

Kylie palidece, pero permanece callada.

—La mandó una vez al hospital. Los cambiantes se curan rápido, así que imagina lo feo que fue. —Los recuerdos regresan a él. Ver a su madre ensangrentada y golpeada en la cama del hospital. «No voy a volver, Jackson», le dijo. «Tú tampoco volverás».

—Ella no se curó. Solo puedo asumir que no quería hacerlo. O que él también la había lastimado tanto mentalmente que la capacidad de curarse se desactivó. —Solo tenía catorce años. Lo suficientemente mayor para querer pelear con mi padrastro, pero demasiado pequeño para detenerlo—. Murió tres días después. La vi como simplemente se dejó ir. Y yo... —Se me cierra la garganta. No quiero contarle esta parte.

Me acaricia el brazo mientras me está escuchando. Esperando.

—Lo maté.

—¿Cómo?

—No me preguntes eso, nena. No quiero que me veas de esa forma...

—Puedes decírmelo —murmura—. No cambiará lo que siento por ti.

Con un demonio que no lo hará.

—Corrí a casa desde el hospital. Probablemente tenía los colmillos afuera como esta noche. Acababa de empezar a transformarme y tenía poco control sobre el animal dentro. Me oyó gruñir y salió de la casa. Se quedó allí como un hijo de puta con las manos en las caderas. «¿Qué?», se burló. «¿Tu mamá te envió tras de mí, chico? ¿Sigue fingiendo que no puede curarse?»

»Es difícil matar a un cambiante. Con una bala a la cabeza suele ser suficiente. O cortando la cabeza. Había un hacha sobre el bloque para cortar. La recogí y me acerqué a él. Dije algo como: «Está muerta, miserable pedazo de mierda» y luego lancé el hachazo. Pensé que me detendría. Quizás que me mataría también. Había intentado pelear con él antes y siempre terminaba ensangrentado.

»Pero se quedó allí parado cuando me acerqué a él. Probablemente por la conmoción de escuchar que realmente la había matado. Se transformó después del golpe, pero ya era demasiado tarde. Murió solo unos segundos después.

Se le acelera la respiración, pero mantiene el rostro tranquilo.

—Vaya. Eso es… intenso. Lo siento, Jackson. Lamento que hayas tenido que pasar por eso. —Me mira a través de esos grandes ojos de ciervo y están llenos de compasión.

No de terror.

El alivio me embarga. Aligera la pesadez en mi pecho que llevo todos los días desde la muerte de mi madre. Compartir mi terrible secreto con Kylie alivia la carga.

—Entonces, ¿qué pasó? ¿Te fuiste? ¿Tienes una identidad oculta como yo? ¿Te buscan por asesinato en alguna parte?

—Sí, me fui. No perdí mi identidad. Nadie me persiguió ni presentaron un reporte a la policía, pero soy de los bosques de Carolina del Norte, donde todo el pueblo estaba formado por cambiantes, incluyendo el jefe de policía. Lo que pasa entre los cambiantes se queda entre los cambiantes.

—¿Y no has vuelto?

Niego con la cabeza.

—Nunca. Dejé atrás a un hermanastro mucho más joven. Me odio por eso. Pero toda la ciudad estaba compuesta por la familia extendida de mi padrastro. Estaría bien cuidado. Eso lo sabía.

—Te encargaste de Sam para compensarlo.

Alzo las cejas ante su suposición.

—Sí, supongo que sí.

Ella mete la cabeza debajo de mi barbilla y tararea suavemente. No puedo creer que me esté acurrucando con una humana. Y nada se ha sentido tan bien en mi vida.

Le acaricio el cabello.

—No dejaré que nada te pase, gatita. —Incluso si eso significa protegerla de mí mismo.

CAPÍTULO NUEVE

ylie

JACKSON ME DESPIERTA por la mañana colocándome una camiseta y me alza en brazos.

—Vamos, dulce chiquilla. Te llevaré de vuelta a mi casa. —Me saca de la cabaña a su auto—. Aquí no hay comida lo suficientemente buena para ti. Además, quiero que Sam esté cerca para que pueda protegerte si pasa algo.

Ronroneo satisfecha. Me encanta que me carguen como si no pesase nada, depositada gentilmente en el asiento del automóvil. Jackson incluso me abrocha el cinturón de seguridad. ¿Cuándo se volvió el lobo feroz tan malditamente dulce?

Se sube al volante y baja la montaña, lanzando miradas preocupadas en mi dirección de vez en cuando.

—¿Cómo te sientes esta mañana?

Me estiro, todavía adormilada.

—Bien. ¿Y tú?

Deja caer una mano sobre mi muslo y la sube hasta mi coño desnudo, rozándome suavemente la piel sensible con los dedos.

—¿Qué tal este dulce coño? ¿Muy adolorido?

Me sonrojo un poco al tener mi coño como tema de conversación antes de las ocho de la mañana.

—Un poco adolorido —admito—. Pero no me quejo. El de anoche fue el sexo más ardiente de mi vida.

Jackson hace un sonido ahogado y el orgullo lucha con la incredulidad en su rostro.

—Eras virgen hace dos días.

—¿Y qué? Sigue siendo ardiente.

—Fue una maldita bomba. Nena, quiero que sepas que nunca antes había tenido sexo así con ninguna mujer, humana o loba.

Sonrío ante el tono serio que adoptó.

Empuja el dobladillo de mi camiseta, suya, en realidad, pero la que estoy usando, hasta mi cintura, exponiendo mi coño desnudo.

—Abre esos muslos cremosos, nena. Necesito ver tu corazón rosado.

Se me entrecorta la respiración, pero abro las piernas. Me agarra el monte de Venus.

—¿Recuerdas a quién le pertenece esto?

Me ruborizo.

—Es mío. Y si fui demasiado rudo, estás en tu derecho de hacer pucheros, gatita. Haz que la bese hasta que se sienta mejor cuando llegue a casa esta noche.

El pensamiento hace que se me ericen los pezones y se me apriete el coño. La imagen de nosotros como una especie de pareja casada de la década de 1950 flota en mi mente. Soy la esposa y gatita sexual que espera que vuelva a casa después de un duro día de trabajo. Le ofrezco un trago y le aflojo la corbata antes de hacer pucheros y hacerlo lamerme el coño como compensación por haberme dado demasiado fuerte la noche anterior.

De acuerdo, me estoy excitando demasiado. Y hay trabajo por hacer. Trabajo serio.

Entra en el garaje e insiste en llevarme cargada adentro.

—Te duele el tobillo y no estás usando bragas.

Me río.

—¿Entonces esos son los dos criterios para que te deje cargarme?

—Así es. Ahora, no te pongas muy altanera o tendré que ocuparme de ese bonito culo tuyo antes de irme. ¿También te duele?

Estiro la mano y me la paso por las nalgas desnudas.

—No. —No puedo decidir si estoy contenta o decepcionada. Me acomoda en el sofá.

—Escucha, no te dije algo que pasó ayer. Recibí una llamada del chantajista, de la voz robótica. Se identificaron como Gatichica. Dijeron que instalaron un código corrupto para borrar todos los datos de respaldo de SeCure. Me dijeron que transfiera quinientos millones de dólares antes de la medianoche de hoy si quiero que me los devuelvan.

Me siento derecha.

—Dime que tienes una copia de seguridad de la información en otro lugar. —Por supuesto que debe tenerla. Es Jackson King, genio de la seguridad cibernética.

—Claro. En tres lugares diferentes. Ni siquiera mi equipo

de seguridad de información lo sabe. —Mueve las cejas y entiendo que cree que esta amenaza vino desde adentro.

—Entonces, ¿qué les dijiste?

—Les dije que se fueran a la mierda. —Me río—. Creo que también usé esas mismas palabras.

Arruga los ojos y me besa la parte superior de la cabeza.

—Lo tengo bajo control. Solo quería que lo supieras. No te comuniques conmigo. Mantente alejada del teléfono o lo rastrearán hasta aquí.

Pongo los ojos en blanco.

—Sí, sí, sí. Le estás predicando al coro, grandullón. Escribí el manual sobre como desaparecer del mapa.

Asiente de mala gana.

—Bueno. Asegúrate de comer y descansar más.

Es demasiado bueno para ser verdad. Me gusta demasiado. La vocecita práctica en el fondo de mi cabeza me dice que no me acostumbre a esto. No debo confiarme. Ya dejó en claro que no puede estar con una humana. Y no puedo quedarme escondida en la mansión de uno de los directores ejecutivos incluidos en la lista Fortune 500 de la revista *Forbes*.

Necesito aclarar mi mente, arreglar esta situación y desaparecer. No importa lo bueno que haya sido el sexo. Ni cuánto quiero que Jackson King me reclame, marque y se quede conmigo. No puede suceder.

No va a suceder.

Agarro unas tostadas y un café y me pongo a trabajar. Empiezo por abrir el viejo tablero de mensajes parisiense favorito de Mémé. Mémé y yo acordamos de antemano enviarnos un mensaje allí si alguna vez nos separamos o necesitamos ponernos en contacto. Hicimos el acuerdo hace años y lo olvidé hasta anoche. Espero que su memoria funcione mejor. Busco su nombre de usuario y hago clic para enviarle un mensaje privado. Aunque es un mensaje privado, dejo una nota críptica.

«Te estoy buscando. ¿Podemos vernos?»

Espero que lo recuerde.

De allí, hago clic y me dirijo al foro de mensajes de DefCon. El lugar donde los hackers se encuentran. El lugar donde solté, hace años, que había hackeado SeCure. Alguien de allí me había tendido la trampa. Y ahora que me doy cuenta de ello, algo en el malware me ha refrescado la memoria. Si puedo encontrar la conversación que estoy recordando, podría atrapar al hacker.

~.~

Ginrummy

Algo anda mal. Debería estar enterándose más sobre la amenaza de chantaje. Todos deberían estar luchando para intentar descifrar mi corrupción. Sabe que SeCure no tiene respaldo adicional. Está a cargo de esta mierda.

Y los payasos del FBI también deberían estar encima de todo esto.

Lo que significa que Jackson King no le contó a nadie sobre la llamada. ¿Por qué demonios no?

Quizás por nostalgia, abre los foros de DefCon. Sería interesante ver si estaban hablando del hackeo a SeCure. Probablemente algún idiota se esté jactando de que fue él.

Encuentra un mensaje directo en su bandeja de entrada de DefCon. De Gatichica.

Le tiembla el pulso al abrirlo.

GINRUMMY,

NECESITO HABLAR CONTIGO. *En persona. Nos vemos en el Park 'n Save del aeropuerto de Tucson a la una de la tarde. Bajo el toldo de la fila 7.*

~Gatichica

EL CORAZÓN le late con el triple de rapidez. Sabe, sin lugar a dudas, que ir a esa reunión sería un gran error. Debería hacerle saber al FBI que ha recibido un pitazo de que ella estará allí. Pero, ¿y si le presenta al FBI todas las pruebas que tiene en su contra? Es mejor decirle al señor X.

Pero ese pensamiento simplemente no lo hace sentir bien. Ahora no tiene ninguna duda de que matarán a Kylie como hicieron con su abuela. Y, aunque debería alegrarse de estar trabajando con una organización dispuesta a atar cabos sueltos, no puede soportarlo.

Gatichica significa algo para él. Incluso si ella no le

corresponde. Incluso si lo que ella representa está más que todo en su cabeza. No está dispuesto a dejar ir esa fantasía.

¿Qué le quiere decir ella? ¿Por qué quiere verlo? La fascinación con cada uno de sus movimientos, cada pensamiento lo engancha como un anzuelo, lo arrastra. ¿Cómo funciona esa mente brillante? ¿Está planeando contraatacar con más chantaje?

Le pidió que se vieran en el aeropuerto de Tucson. ¿Significa que se va de la ciudad? Si es así, la dejará ir. La dejará desaparecer en la clandestinidad de nuevo, cargando con la sospecha de su crimen. Quizás solo quiera hacerle saber que lo sabe.

O tal vez quiera matarlo.

No, no cree que Gatichica sea una asesina. Tiene principios. Estándares morales muy altos. Recuerda las largas discusiones que tuvieron sobre el bien y el mal, que luego se dio cuenta de que debían estar teñidas por los robos justicieros que cometían sus padres.

Entonces, ¿qué quiere de él?

Maldición. La tentación de encontrarse con ella anula la razón. La necesidad de saber, de ver a la hermosa hacker por última vez se infiltra en su ser, succionándolo por el abismo de las malas decisiones.

Tiene una pistola. La llevará a la reunión, por si intenta hacerle algo. Y no notificará a nadie, ni al FBI ni al señor X por el momento.

Es mejor averiguar sus jugadas primero y luego tomar una decisión sobre cómo reaccionar.

~.~

Jackson

El trabajo sigue siendo una pesadilla de relaciones públicas. Estoy en una teleconferencia con la junta la mayor parte del día y muchos de ellos están pidiendo mi renuncia. El precio de nuestras acciones ha caído y hay amenazas de demandas.

Todo lo que puedo pensar es que se jodan todos.

Ni siquiera puedo hacer que me importe una mierda el precio de las acciones de SeCure o lo que haría si la junta me despide. Mi mente solo está enfocada en una cosa: averiguar quién incriminó a Kylie.

Trato de recordar quién de SeCure, aparte de mí, sabía que Gatichica nos hackeó hace ocho años. «Luis». Unos cuantos miembros del equipo de seguridad de información en ese entonces. ¿Quiénes eran? ¿Stu?

No, aún no trabajaba aquí. Pero, ¿por qué pensé en él?

Recuerdo la entrevista de Kylie. Lo ansioso que estaba por hacer que la contrataran. En ese momento. Pensé que tenía que ver con su belleza, las tetas de Batichica.

Pero, ¿y si Stu fue quien orquestó su contratación? Sería capaz de escribir el código que infectó nuestro sistema; es un programador jodidamente bueno y probablemente otro hacker que se convirtió en un profesional de seguridad de la información.

Un hormigueo me sube por la nuca y me pongo de pie. Necesito hablar con él.

Y como si lo hubiera conjurado con mis pensamientos,

veo su desgarbada figura pasar por mi ventana, de camino a su auto. El hormigueo no ha desaparecido, así que me dirijo hacia la puerta y bajo las escaleras hasta el estacionamiento con la velocidad de un cambiante. Su auto sale por las verjas. Corro hasta mi Range Rover y me subo. Me obligo a no chirriar los neumáticos para seguirlo, pero el sentido común gana y mantengo la distancia. Conduce durante mucho tiempo. Esta no es una cita rápida para almorzar. Es un viaje de cuarenta y cinco minutos en auto al lado sur del centro de la ciudad.

Aunque no tengo nada que me guie, mi instinto me dice que lo siga.

Se detiene en el Park 'n Save del aeropuerto de Tucson y estaciona cerca de un toldo. Baja la ventanilla como si estuviera a punto de comprar drogas. Mis instintos se ponen en alerta máxima. Esto no es normal. Lo que sea que esté haciendo es totalmente sospechoso.

Me quedo a unos autos de distancia, estaciono lejos de él y me quedo dentro del auto. Él también se queda en su auto. Un gruñido me retumba en la garganta mientras mi lobo se prepara para el peligro.

Me detengo en seco, sin embargo, cuando una motocicleta conocida pasa frente a mí y se detiene junto a su auto; la morena de piernas largas se ve demasiado bien en la motocicleta de Sam. «¿Qué demonios está haciendo Kylie aquí?»

El dolor me atraviesa el corazón como un clavo en un ataúd. Lo perfora directamente hasta el otro lado y me deja jadeando para respirar.

«Me traicionó».

¿Ha estado trabajando con Stu todo el tiempo? Un gran

rugido comienza en mis oídos, me ensordece. El cuerpo se me adormece, congelado mientras todo encaja en su lugar. Stu y ella están trabajando juntos. Fui tan estúpido al creerme todas sus mentiras. Una ladrona conocido, una hacker conocido, literalmente la «vi» instalar el malware en mi sistema y no me di cuenta de que me estaban jodiendo. Me agarró por las bolas.

¿Qué demonios me pasa? Estaba pensando con el pene, no con el cerebro, eso pasa. Dejé que un par de piernas atractivas y las tetas de Batichica me guiaran ciegamente. Idiota de mierda.

Observo, como un hombre muerto, mientras se quita el casco y se baja de la motocicleta. Se recuesta contra ella y cruza los brazos sobre los mismos pechos que anoche estaba venerando.

No puedo entender lo que están diciendo. Incluso si mi oído de lobo pudiera detectar sus voces a través de la ventana, el rugido en mis oídos me impide concentrarme.

Me siento débil, como si me hubiera envuelto en cadenas de plata, la kriptonita de un hombre lobo. La energía simplemente se me escurre por la planta de los pies, se filtra por debajo del auto como sangre.

La traición me llena la boca, me pone un filtro rojo sobre los ojos. La oscuridad cae, sobre todo: el futuro color de rosa con Kylie que había estado intentando descifrar con todas mis fuerzas. Ennegrece el tiempo que pasamos juntos, enturbia mi confianza en mis propios instintos.

Como si fuera ese adolescente otra vez, cubierto en la sangre de mi padrastro, me quedo adormecido. Simplemente me apago.

~.~

Kylie

—¿ME vas a disparar con esa cosa? —pregunto, mirando a Stu a través de la ventana abierta de su auto.

Me está apuntando con una pistola que tiene en el bolsillo. Está pálido, el sudor le perla la frente.

—¿Qué quieres, Gatichica?

—A mi abuela. ¿Dónde está?

Algo que se parece a la compasión aparece brevemente en su rostro.

—Cierto. Se llevaron a tu abuela. Lo siento, no lo sé. —Se frota la frente con la mano que no sostiene el arma—. No tenía idea de que harían algo así.

Un mal presentimiento me revuelve el estómago.

—¿Quiénes hicieron esto?

Se encoge de hombros como si estuviésemos tomando un café mientras discutimos un código o lo que pensamos sobre el jefe.

—El sujeto se hace llamar «señor X». Es todo lo que sé.

Me sudan las manos y me balanceo sobre los pies.

—¿Acabas de destruir la principal empresa de seguridad de tarjetas de crédito del país trabajando para un hombre llamado el señor X? ¿Acaso conoces a este tipo?

Un destello de recelo le pasa por el rostro a Stu antes de ocultarlo.

—Hemos estado comunicándonos durante más de un año. Ha realizado un pago inicial de buena fe a mi cuenta en el extranjero.

—Cuenta en el extranjero, ¿eh?

—Es a prueba de hackeos, Gatichica.

«Ya lo veremos». Lo corto con mi mirada más desdeñosa.

—Debes estar muy orgulloso por incriminarme para volverte rico.

Una vez más, un destello de pesar parece chispear en su rostro.

—Vete de la ciudad, Gatichica. Aún puedes escapar. Nunca te encontrarán. Eres totalmente a prueba de hackeo. Esa es una de las razones por las que te elegí. No estarás peor que antes. Esconderte y asumir nuevas identidades es lo que mejor sabes hacer.

Debo estar loca porque realmente entiendo su lógica.

—Necesito saber dónde está mi abuela.

—Lo siento. Realmente no lo sé, pero… yo no me quedaría esperando. —De nuevo, parece que casi siente pena por mí—. Vete de la ciudad, mientras puedas.

Miro su arma. Fue una locura venir aquí desarmada, pero solo quería verlo a la cara y escucharlo decir por sí mismo lo que había hecho. Me está diciendo que mi abuela está muerta. Me empiezan a temblar las manos, ya sea de rabia o conmoción, no estoy segura. De cualquier manera, no hay nada que pueda hacer ahora. No cuando Stu tiene un arma y yo estoy completamente desarmada. Además, la violencia física nunca ha sido mi estilo. Siempre he sido del tipo de ciberataques. Si cree que su dinero estará a salvo en su cuenta en el extranjero, está delirando como un puto loco.

Asiento una vez.

—Está bien.

Una chispa de alivio se le dibuja en el rostro.

—¿Está bien? ¿Te irás la ciudad?

Me encojo de hombros.

—¿Qué otra opción tengo?

—Bien. —Sube la ventanilla y observo cómo pone el auto en marcha y se aleja. Quiero atravesarle la ventanilla trasera con el casco de Sam, perseguir el auto, sacarlo de él y pisotearle la garganta hasta que me diga dónde encontrar a Mémé, pero estoy indefensa. Al igual que cuando vi cómo asesinaban a mi padre y no pude hacer nada para salvarlo. No hice nada para salvarlo.

Siempre me he preguntado si las cosas serían diferentes si hubiera ido tras su compañero esa noche en lugar de esconderme como una niña aterrorizada. Ya había apuñalado a mi padre, pero ¿y si hubiera encontrado una manera de matarlo? ¿Habría sido eso lo más honorable? ¿En lugar de esconderme e ir tras él de manera furtiva? ¿De manera cobarde?

Ahora estoy haciendo lo mismo. Dejar que Stu se vaya después de básicamente admitir que habían asesinado a Mémé.

El sonido de la puerta de un auto cerrándose con fuerza en la cercanía me hace levantar la cabeza. Se me cierra la garganta cuando veo la figura que se precipita hacia mí, oscura y furiosa.

«Jackson».

Estira la mano como una bala y me agarra por la garganta.

—Jackson —digo ahogada, el miedo de verdad se apodera de mí. Sus ojos son azul hielo, inhumanos.

Como si captara el miedo, algo titila en su expresión. La furia se desvanece, reemplazada por algo mucho más crudo y roto.

—Entonces… —Acerca su rostro al mío—. Has estado trabajando con Stu todo este tiempo. Me tomaste por tonto, ¿no?

—No —jadeo—. Te equivocas. Vine a…

—Cállate. —Me da una pequeña sacudida. Con el peso suspendido por la columna de mi cuello, me pone de puntillas—. Todo lo que tengo que hacer es apretar un poco para aplastarte la garganta. —Hay una fuerte amenaza en su voz que nunca antes había escuchado. Me aterroriza—. O romperte el cuello. —Recuerdo que este es el hombre que perdió el control de su lobo y mató a su padrastro con un hacha. Que caza y corre salvaje por la montaña. No es ajeno a la violencia—. ¿Cuál prefieres?

—No. —Es difícil hablar con los dedos que me cortan parcialmente el aire, a través del pánico aplastante, porque el estrangulamiento se parece mucho a la claustrofobia.

Las lágrimas brotan y caen por las comisuras de mis ojos.

Se le dilatan las fosas nasales y me suelta de repente, con una expresión de horror en el rostro. Se pasa los dedos por el cabello.

—Vete. Sal de mi vista antes de que te haga daño. No estás a salvo conmigo.

—No estoy trabajando con Stu —digo con voz áspera, tengo la garganta adolorida por la presión de sus dedos.

Se lanza hacia mí de nuevo y me tapa la boca con la mano.

—No más mentiras de esa linda boquita. No más. Solo vete.

Me quita el casco de las manos y me lo pone en la cabeza, incluso lo abrocha. Jala la correa de la barbilla, me trae hacia delante y estampa sus labios sobre los míos.

Gimo en su boca, encendiendo la esperanza de que todavía está conmigo, de que me escuchará, pero entonces suelta un sonido roto y, cuando se separa, ni siquiera me mira.

Es un beso de despedida.

«Maldita sea».

Eso es todo lo que fue. Me desgarra.

Se aleja sin decir otra palabra.

Abro la boca para llamarlo, para explicarle, pero las lágrimas me ahogan, seguido muy de cerca por la rabia diseñada para protegerme de la herida que acabo de sufrir.

Me ha roto el corazón.

Debió dejarme explicarle, ¿Por qué me daría el beneficio de la duda todo este tiempo y es ahora que escoge creer que estoy en su contra? ¿Ahora, cuando estoy perdidamente enamorada de él? ¿Ahora, que no podría alejarme de él de la misma forma en que no podría alejarme de Mémé?

Con las lágrimas cayéndome por las mejilla, me subo a la motocicleta de Sam y arranco. No tengo a dónde ir, ninguna pista que seguir. Stu tenía razón. Debería irme de la ciudad mientras pueda.

Entonces, ¿por qué preferiría cortarme mi propio brazo?

~.~

Jackson

DE REGRESO A LA OFICINA, me toma mucho tiempo darme cuenta que el teléfono está sonando. Reviso la pantalla.

Es Garrett.

Dado que el tipo no me llama a menudo, y que eso significa que es un asunto de lobos, acepto la llamada.

—Habla King.

—Soy Garrett. Escucha, ¿sabes algo de una hembra llamada Kylie?

La distorsión de mi visión y el rugido en mis oídos desaparecen; se me agudiza la atención como una cuchilla.

—¿Qué pasa con ella? —espeto.

—¿Sí la conoces?

Espero, con los dedos apretados alrededor del volante, listo para arrancarlo.

—Una gata cambiante mayor se apareció esta mañana herida con cuatro balazos, incluyendo uno en la cabeza que debería haberla matado. No pudo transformarse durante un día, pero finalmente llegó cojeando a mi casa, desorientada y muy deshidratada.

—¿Una gata cambiante? —repetí, mi cerebro no sabe qué pensar.

—Sí. Jacqueline Dumont. ¿La conoces?

—¿Qué tiene que ver con Kylie? —exijo con los dientes apretados, la impaciencia me desgarra, aunque ya sé la respuesta.

—Dice que es su abuela. Cree que Kylie trabaja para ti y está en problemas. ¿Es esta la mujer que ha estado en todos los noticieros por hackear tu empresa?

—Mierda. Sí. ¿Dónde está la anciana ahora?

—En mi casa.

—Voy para allá.

—Está bajo mi protección —me advierte Garrett.

—No voy a hacerle daño —prácticamente le grito al teléfono antes de tirarlo al asiento.

El centro está a solo unas cuantas salidas de distancia. Sigo carreteras que debería conocer como si estuviera conduciendo en una ciudad nueva. Mi mente le da vueltas a la nueva información. Kylie de verdad tiene una abuela. Que recibió varios disparos. Si no fuera una cambiante, de seguro habría muerto.

¡Y la guinda en el pastel! ¿La abuela de Kylie es una gata cambiante? ¿Eso significa que Kylie también lo es? No puede serlo. Su miedo cuando me transformé parcialmente fue genuino. Pero, ¿cómo podría tener una abuela cambiante y no saber nada sobre los hombres lobo?

Otro pensamiento se cuela, lleno de lujuria y picor. Kylie tiene sangre de cambiante. No es de extrañar que mi lobo quisiera emparejarse con ella. Y eso significa que probablemente habría sobrevivido.

Pero ya eso pasó a la historia. Kylie se acaba de encontrar con Stu, lo que demuestra que estaba confabulando con él todo este tiempo.

Excepto que, ahora que esta información nueva me ha sacado de mi estupor, la duda asoma la cabeza. ¿Podría haber otra explicación para su reunión con Stu?

Me detengo frente al apartamento de Garrett y salgo del auto, entro rápidamente y subo al ascensor. Me detengo en el piso de Garrett y me bajo. El olor a cambiantes, tanto a lobo como, sí, el olor distintivamente felino también, me golpea.

Llamo a la puerta y uno de los compañeros de casa de Garrett abre y se hace a un lado con deferencia para dejarme entrar. La anciana está en el sofá, pálida y débil. Está vestida con la camiseta de uno de los lobos, es demasiado grande para ella.

Se sienta cuando entro, con ojos dorados brillantes.

—¿Dónde está? —Habla con un marcado acento francés.

Entrecierro los ojos. No estoy acostumbrado a responder a las demandas de nadie, especialmente de alguien que acabo de conocer.

—Jackson, te presento a Jacqueline —dice Garrett, quien sale de la cocina.

—Siento su olor en ti. ¿Dónde está Minette? —demanda Jacqueline.

—No conozco a nadie llamada Minette.

Corta el aire con la mano, impaciente, e intenta ponerse de pie, pero obviamente es demasiado para ella. Se deja caer otra vez en el sofá.

—Mi nieta, Kylie. Dicen que trabaja para ti. Está en problemas.

Saco una silla del comedor, la coloco junto al sofá y me acomodo en ella.

—Kylie está en problemas, sí. Le robó cientos de millones de dólares a mis clientes.

—No. —Agita la mano con desdén—. No, ella no lo hizo. Fueron ellos. —Se señala con un dedo a un lado de la cabeza donde debieron dispararle. El cabello le está volviendo a crecer y la piel se le está cerrando, pero tiene mucha suerte de no haber muerto.

El muro que estuve construyendo en los últimos cuarenta minutos se estremece, como sacudido por un terremoto.

Este es el momento. O sigo creyendo en Kylie y su historia como lo he hecho desde el principio, o me quedo con mi más nuevo e insoportable conocimiento de que me traicionó.

Si Kylie estuviera confabulada con Stu, no habría una señora francesa tendida en un sofá con heridas de bala, ¿verdad? Una anciana que se parece mucho a mi pequeña hacker. Los pómulos altos son inconfundibles, junto con algo en su boca.

Lo que significa que... cometí un terrible error.

Por segunda vez en una hora, se me descontrola el corazón. Se detiene. Y comienza otra vez con un nuevo latido.

«Por todos los dioses. Envié a Kylie a enfrentar a sus enemigos por su cuenta».

Es imperdonable. Trago saliva.

—Cuénteme qué le pasó.

Parpadea con grandes ojos dorados, como si estuviera

considerando si soy digno de su historia. Debo haber pasado el examen porque comienza a contarla.

—Unos hombres se aparecieron en nuestra casa. Eran de diferentes nacionalidades. Un irlandés, un estadounidense. Dos alemanes, a juzgar por sus acentos.

Me inclino hacia adelante.

»Regresaba de la tienda de comestibles. El auto de Minette estaba allí, pero las luces encendidas no estaban encendidas. Me sorprendieron, estaban esperando en la casa. Me drogaron antes de que pudiera transformarme y luchar-

Qué sorpresa se habrían llevado los hombres si la anciana se hubiera transformado en un gato gigante y los hubiera atacado. Lástima que no tuviese la oportunidad.

—¿Cómo escapó?

La mujer gime y su expresiva mano vuela hasta su rostro.

—Me mantuvieron drogada. Nunca pude pelear porque cada vez que me despertaba me clavaban otra aguja en el cuello. —Se frota un lugar debajo de la oreja izquierda—. Lo siguiente que supe fue que me llevaron al desierto y me llenaron de balazos. Debieron pensar que estaba muerta cuando me dejaron. Gracias a los dioses, fueron demasiado perezosos para enterrarme. —Con un esfuerzo notable, balancea las piernas hacia el piso para encararme sentada —. Ya te he contado mi historia. Dime dónde encontrar a mi Minette.

Me muestra la misma determinación férrea que he visto en Kylie y me duele el pecho.

Me froto la cara con una mano.

—Simplemente le dije que se fuera. Creí que me había traicionado.

Los ojos de Jacqueline se mueven por mi cara y debe ver mi desdicha porque algo parecido a la comprensión parpadea en sus ojos.

—¿Te preocupas por mi Minette?

Asiento con la cabeza. ¿Cómo pude cometer tal error? El lobo lo supo desde el principio. Debería haber confiado en mis instintos. Para distraerme del dolor punzante que me abre desde el cuello hasta la ingle, le pregunto:

—¿Qué tipo de gato es usted?

—Pantera.

—¿Kylie no lo sabe?

—*Non*. Mi Minette nunca lo manifestó. Su madre murió cuando aún era una niña y estuvo separada de mí durante la pubertad. Su padre sabía que debía comunicarse conmigo si ella mostraba signos de transformación, pero nunca lo hizo. Me reuní con ella después del asesinato de su padre, pero no me había necesitado. Hasta ahora. —Me mira y no estoy seguro de si se refiere a los hombres que la incriminaron o a mí.

—¿Es mestiza o cuarta parte?

—Mestiza. Su madre era una verdadera gata ladrona.

Me pica la piel. «Cambiante mestiza». No me extraña que mi lobo la desee.

«Pareja».

No quise decirlo en voz alta, pero debo haberlo hecho porque los ojos de Jacqueline brillan con curiosidad.

—¿Ella sabe que tú lo eres?

—Sí. Me vio los colmillos cuando el lobo quiso marcarla.

La anciana se acomoda y, aun con su evidente fragilidad, sus movimientos evocan la gracia de un gato.

—¿La marcaste, lobo?

Inmediatamente me siento como un adolescente siendo interrogado por los padres de su novia. La vergüenza tiñe mi respuesta.

—No. Pero la asusté.

Los ojos de Jacqueline brillan de esa manera sobrenatural que pasa con los gatos. No puedo leer su reacción.

Me deslizo hasta el borde de mi asiento.

—Jacqueline, venga a mi mansión. La protegeré y podremos encontrar a Kylie juntos.

—*Non.* —Ni siquiera lo duda—. No seré tu carnada para mi nieta. Estoy a salvo aquí. Si Kylie desea verte, se pondrá en contacto. Mientras tanto, Garrett me protegerá.

La banda que siento alrededor de la garganta me aprieta. Es como si la mujer ya supiera que no merezco volver a ver a Kylie. La cagué, la puse en peligro, no confié en la mujer que se había entregado a mí tantas veces.

Dejo escapar una maldición en voz baja, no contra Jacqueline, sino contra mí mismo. Escribo mi número de teléfono en mi tarjeta de presentación y se la entrego antes de levantarme.

—Por favor contácteme si tiene noticias de ella. Dígale que lo siento y que cometí un error. Haré todo lo que pueda para ayudarla. Es una promesa.

Estrecho las manos de Garrett y los miembros de su manada al salir, pero mis movimientos son bruscos. Mecánicos. Ya estoy a mil kilómetros de distancia, buscando a mi pareja. Tratando de pensar en cómo podré compensarla por esto.

~.~

Kylie

DEJO la motocicleta de Sam en el centro y me registro en el motel No-Tell en Miracle Mile, un lugar donde puedes pagar en efectivo y alquilar habitaciones por horas. Hay porno sintonizado en la televisión de la habitación. Qué agradable. Es un ambiente muy agradable. Lo apago y saco mi computadora portátil.

Me muero por perderme en el código. No, me muero en general. No me he sentido tan perdida, tan destruida desde la muerte de mi padre. En ese entonces, Mémé era lo único que me mantenía en marcha. Si no la tengo ahora...

No. No puedo pensar eso. Mi instinto me dice que todavía está viva y tengo que confiar en que lo está. Es fuerte, incluso para una mujer mayor.

Así que mi nuevo plan es encontrar a Mémé y salir de la ciudad. Pero el vacío de ese plan, incluso reencontrarme con Mémé, me deja más transparente que un fantasma. Dejar a Jackson creyendo lo peor de mí es impensable. Una parte de mí lo odia por no confiar en mí. Después de lo que hicimos anoche, ¿cree que lo estaba engañando?

Pero tal vez por eso le dolió tanto. No es alguien que

confíe fácilmente ni que confía en muchas personas. Anoche, compartió conmigo su tragedia más profunda. Verme con Stu debe haber sido la peor traición para él. Pero entenderlo no reduce el corte de su desconfianza. Me despellejó en un millón de pedazos en el aeropuerto.

Aun así, necesito hacer las cosas bien. No le dejaré creer que destruí el trabajo de toda su vida. Que le robé.

E incluso si no me importaran Jackson y SeCure, tengo que hacer que esos cabrones paguen por involucrarme en su codicioso plan. Incluyendo a Stu.

Me pongo a trabajar siguiendo el rastro del dinero. El FBI también debería poder seguirlo a la larga, pero para cuando lo hagan, habrán triangulado el dinero hace mucho tiempo.

Tengo que hackear cinco bancos diferentes, lo cual me lleva el resto de la tarde, pero sigo el rastro.

Lotería.

Dejo escapar una risita de bruja malvada mientras envío el dinero de regreso al primer lugar desde el que fue triangulado y revierto cada transacción. La mayoría de esas cuentas estarán congeladas o retenidas. Con números nuevos. Pero el caso es que el dinero estará atrapado mientras los bancos intentan averiguar adónde se supone que debe ir.

Toma eso, señor X. Toma eso, Stu. Incriminar a Gatichica fue su mayor error.

La luz se ha atenuado, tomo un descanso y reviso el anticuado tablero de mensajes en busca de una respuesta de Mémé. Con una ola de alegría, veo un mensaje en mi bandeja de entrada.

Minette, estoy con unos amigos. Llámalos al 520-235-5055.

Se me acelera el corazón. No me atrevo a usar el teléfono, pero inmediatamente me conecto a una línea de voz de Internet y marco el número. Responde una voz masculina.

—¿Aló?

Por un momento, me quedo paralizada, sin saber con quién estoy hablando o si es seguro.

—¿Aló?

—¿Puedo hablar con Jacqueline?

—Ah. Ha estado esperando tu llamada. —No dice nada más, pero luego oigo la voz de Mémé—. ¡Minette! *Dieu merci.* ¿Es seguro hablar por aquí?

—Sí. ¿Dónde estás?

—Estoy con la manada de lobos de Tucson. En el centro.

Por un momento, simplemente repito sus palabras mientras mi cerebro lucha por entender.

—¿Dijiste manada de lobos?

—*Oui.* Lo siento, nunca te lo dije, Minette. Soy una cambiante, una gata. Tu madre también lo era.

Hoy he tenido demasiadas sorpresas para asimilarlo todo. Dejo caer una mano inerte a mi costado.

—¿Q-qué?

—¿Dónde estás, Minette?

«Minette». La palabra francesa para «gatita». Siempre me ha llamado gatita porque… es una gata. Mi mente explota como una tetera y cae por una pendiente de comprensión.

—¿Mi mamá? —croo.

—Sí, tu *maman* también. Es por eso que el lobo se siente atraído por ti. ¿Dónde estás, cariño?

—No muy lejos del centro. ¿Estás lastimada? ¿Qué pasó?

—Lo estaba, pero estaré mejor pronto.

Mis motores finalmente comienzan a funcionar.

—Tenemos que irnos de la ciudad de inmediato. —Me pongo de pie y recojo mi mochila de cuero.

—¿Estás segura? —Hay algo de insinuación en la voz de Mémé, pero no logro descifrarlo—. Tu lobo acaba de estar aquí. Dijo que lo siente y que quiere ayudar.

La opresión en mi pecho da paso al alivio, seguido rápidamente por la ira. Una palanca de terquedad se activa dentro de mí. No tiene derecho a cambiar de parecer tan rápido. Se saco el dedo mentalmente. No es mi caballero de brillante armadura. Yo soy la que le está salvando el culo. Voy a ceñirme a mi plan de revertir el rastro del dinero y reembolsar los millones en transacciones y largarme de Dodge.

Si Jackson quiere suplicar por mi perdón cuando todo esté hecho, podría considerarlo. Ya lo veremos.

—Dame la dirección dónde encontrarte, Mémé.

Debió devolverle el teléfono a su dueño porque el joven regresa y recita la dirección de uno de los pocos apartamentos de gran altura en el centro de Tucson. Se aclara la garganta.

—Tu abuela también necesita que le traigas ropa limpia.

Odio el escalofrío que me recorre los brazos al oír eso.

—Le llevaré algo de ropa —prometo.

Considero mis opciones. No tengo vehículo, ya que

dejé la motocicleta de Sam. Podría esperar un taxi. Podría hackear Uber y configurarlo con una tarjeta de crédito de una de mis identidades nuevas. Pero, por alguna razón, quiero hacer esto sin infringir la ley. No lo sé, tal vez necesito demostrar que no soy la criminal que el mundo entero cree que soy.

Mi casa está a unos kilómetros. La ropa de Mémé está allí. El FBI debe estar vigilándola. ¿Y qué pasa con el supuesto señor X? Probablemente también lo esté.

Maldición. Ya tengo un bolso empacado en mi cama. Sería genial poder correr dentro, agarrarlo y algunas otras cosas para Mémé. Quizás lo que necesito es una distracción.

Llamo a un taxi y espero a que llegue. Luego llamo a la policía e informo sobre un violento robo en curso en la casa frente de la mía.

Abandono el taxi a una cuadra de mi casa y me dirijo por el callejón trasero, manteniéndome en las sombras y bajo el amparo de la noche. Las sirenas suenan desde varias direcciones en la casa de mi vecino. Subo sigilosamente los escalones traseros y utilizo la llave escondida en la boca de una rana de cerámica en el jardín.

Por dentro, la casa se siente extraña. Otras personas han estado allí. No sé cómo puedo notarlo, pero lo sé sin lugar a dudas. No es que sea una sorpresa. Seguro que la policía ya ha registrado el lugar. Me muevo en la oscuridad sin encender ninguna luz. Agarro la maleta y me dirijo a la habitación de mi abuela. Oigo el martillo de la pistola justo antes de que una mano me cubra la boca y sienta que me clavan un metal duro en la nuca.

~.~

Jackson

Nunca me había sentido tan impotente en mi vida. Lo arruiné todo con Kylie, mi empresa está en la mierda y estoy paseando por mi despacho después de la medianoche, sin poder idear una estrategia para arreglar las cosas.

Le conté al agente especial Douglas sobre mis sospechas de Stu, aunque no quería contarle sobre su reunión con Kylie. Y tampoco podría contarle lo de la abuela de Kylie. Por alguna razón dudo que decirle «Vi a la anciana, pero resulta que es una cambiante, así que las balas solo la lastimaron un poco» sea creíble.

Suena mi celular.

«Garrett».

Acepto la llamada, cortante:

—Habla King.

—Jacqueline esperaba que su nieta la recogiera hace horas. La vieja gata cree que le pasó algo.

Se me hiela la sangre y maldigo lo suficientemente fuerte como para hacer temblar las ventanas.

—Lo sé, hermano.

—¿De dónde venía? ¿Cuál era el plan? —exijo saber.

—No dijo dónde estaba. Probé el número desde el que llamó, pero suena y se desconecta. Dijo que venía en camino y pidió la dirección. Le dije que trajera algo de ropa para Jaqueline porque la suya estaba manchada de sangre. Eso fue alrededor de las siete de la noche.

Me transformo parcialmente, mi lobo quiere salir a matar. Lucho por recuperar mi lado humano, pero mi voz sale como un gruñido.

—Voy a olfatear alrededor de su casa. Mantente en contacto. —Cuelgo sin esperar su respuesta.

Maldigo mi oficina por estar tan lejos de la casa de Kylie. Quiero transformarme de inmediato y correr hasta allá, pero no me atrevo a perder un tiempo precioso. Conduzco, mis manos casi rompen el volante en pedazos. Dos agente federales están sentados al otro lado de la calle en una camioneta, vigilando la casa. Llamo a la puerta de la camioneta al pasar y camino hacia la puerta principal. Capto una variedad de olores, machos humanos. Nada nuevo. Camino por la casa, deseando poder transformarme, pero no me atrevo. Está bien. Mi nariz humana igual funciona mejor que la mayoría de los sentidos olfativos de los demás humanos. Siento un olor a Kylie en la puerta trasera. Olor fresco. Pruebo la manija y la encuentro abierta.

Su olor es fácil de seguir… Entra a un dormitorio, pero lo que me aterroriza es el olor de un hombre humano. No es Stu, sino otro hombre. También huele a pólvora.

«Mierda».

Kylie se metió en problemas. «Maldita sea». ¿Por qué diablos se había arriesgado a volver? Debería ser más precavida.

Vuelvo a cerrar la puerta de golpe y olfateo la brisa, tratando de averiguar a dónde la han llevado. No salió por la puerta principal; la habría olido allí. Además, los agentes federales la habrían visto. Encuentro un rastro de los olores de ambos en el callejón y luego desaparece. Debe haber estado esperando un auto.

Cristo atado, esto no podría ser peor. Busco el teléfono, llamo a Garrett y le informo lo que he encontrado.

Jesucristo. Si algo le pasa, voy a arrancarle la garganta a todos los hombres de los que siquiera sospeche que puedan saber algo al respecto.

Por centésima vez, me maldigo por desconfiar de ella. Por enviarla sola al peligro.

Kylie. Mi gatita. Allí afuera sola en peligro de muerte.

Levanto la boca hacia la luna, apenas reprimiendo un aullido de rabia y angustia.

~.~

Kylie

Estoy en el maletero de un auto, tengo las manos atadas con cinta adhesiva detrás de mi espalda y con una tira que me cubre la boca. Me estoy asfixiando con mi propia saliva. Inhalo y exhalo con frenéticos y desgarradores respiros, pero tengo las fosas nasales selladas y no tengo éxito.

Las estrellas bailan ante mis ojos. El maletero da vueltas.

«No me hagas manosearte de nuevo».

Debo haberme desmayado porque escuché a Jackson hablándome. Evoco la sensación de sus manos presionándome firmemente el esternón.

Relajo el ritmo frenético y sofocante de mi respiración.

Me imagino a Jackson acostado detrás de mí en el maletero, rodeándome con sus enormes brazos y con las palmas de las manos presionándome el centro del pecho.

«Activo tu reflejo de calma».

Dejo que el alivio fluya por mi cuerpo como lo había hecho en el ascensor. La sensación de seguridad que me traía estar cerca de Jackson. El sentido de pertenencia, de hogar.

Por supuesto, sé que es mejor olvidarlo, pero si engañarme a mí misma en este momento con el recuerdo de Jackson King me ayuda, lo seguiré haciendo.

El automóvil se monta en la grava y luego reduce la velocidad hasta detenerse. Me tenso, preparándome para pelear. Mi pie sale disparado en el momento en que se abre el maletero, pero el imbécil se aparta y me golpea en la cara. El dolor me explota en la mejilla, destrozando la poca concentración que había tenido.

Me debilito, el malestar me sube por el vientre y la desesperación se apodera de mí.

El tipo me saca. Estamos en una especie de almacén. Me arrastra hacia el interior, donde están reunidos otros hombres, incluyendo Stu, que se sienta inclinado sobre una computadora colocada sobre una mesa de juego.

—Mira quién apareció en su casa —dice mi captor.

Miro a Stu con rabia, quien tiene el descaro de parecer asqueado por mi apariencia.

—La primera maldita cosa que salió bien en todo el día

—responde un tipo con un marcado acento británico—. Siéntala aquí. —Patea la silla al lado de Stu—. Alguien invirtió el rastro del dinero de las tarjetas hackeadas. Tengo a Stu resolviéndolo, pero ¿cuánto quieres apostar a que esta pequeña hacker tuvo algo que ver con eso?

Quiero decirles que puede estar seguro de ello, pero no soy suicida.

Me tiran a la silla y ojeó la pantalla de Stu por encima de su hombro. Él mira rápidamente de la pantalla hacia mí. Veo desesperación muy presente en su rostro. Y miedo.

Parece que Stu trató de abarcar mucho más de lo que podía. Debería estar regodeándome, pero su miseria no me hace feliz. Tener al único villano que es medianamente mi aliado en problemas con el resto de ellos no me ayuda mucho.

—¿Qué tal si le cortamos los dedos? Así evitamos permanentemente que pueda hackear. —Esto proviene de la galería de mirones, de alguno de los cuatro hombres que están apoyados sobre las cajas, fumando puros y hablando.

—Cállate. Si le cortas los dedos, no puede arreglar esto. —El del acento británico se acerca a mí.

—Lástima que ya hayamos matado a la vieja. Habría sido una buena palanca ahora —declara otro de la galería de mirones.

Intento verme tranquila a pesar del terrible palpitar en la mejilla donde el tipo me golpeó. Como si fuera mi primer día en el trabajo, no como si me acabaran de secuestrar y amenazar. Cruzo una pierna sobre la otra y me inclino hacia Stu.

—Entonces, ¿qué está pasando?

El del acento británico me agarra un mechón de pelo y

me jala la cabeza hacia atrás con tanta fuerza que me castañetean los dientes.

—¿Revertiste el rastro del dinero?

Le doy mi mirada más testaruda.

—¿Por qué ayudaría a SeCure? Jackson King cree que soy responsable de todo esto.

Me abofetea, reavivando el terrible dolor de mi moretón.

—Ayúdalo a reingresar al sistema —ordena.

Muevo los dedos atados detrás de la espalda.

—Necesitaré las manos libres —canturreo.

—Sin manos. Explícale lo que tiene que hacer.

«Maldición».

Ignoro al del acento británico y dirijo mi atención a Stu.

—Bien, ¿Dónde estás?

Está intentando un hackeo sencillo para entrar a SeCure, que ambos sabemos que no va a funcionar. Se me ocurre que puede que no se esté esforzando tanto. Quizás haya visualizado el futuro. Probablemente se deshagan de él tan pronto como termine el trato.

El del acento británico me jala el pelo de nuevo.

—Ayúdalo.

Dejo que mi enojo se manifieste.

—Está bien, idiota. ¿Sabes algo sobre hackear? Nadie conoce el camino de entrada. Se trata de experimentación. Sigues intentando cosas hasta que logras algún progreso. Si voy a ayudar a Stu, necesito mi propia computadora y mis manos. Quedarme mirando sobre su hombro solo nos ralentiza a ambos.

El del acento británico, a quien llamaré AB, mira a Stu, que se encoge de hombros.

—Tiene razón.

Es demasiado esperar que me den una computadora, pero me quita la cinta de las muñecas y me pone otra computadora portátil en la cara. A pesar de que todavía estoy usando la minifalda de días antes, apoyo el tobillo en la rodilla para hacerme un escritorio y abro la portátil.

He estado en el sistema de Jackson toda la semana a través de su computadora, pero dejé una puerta abierta para mí, que es como transferí los fondos hoy. Ahorita no entro por esa puerta. Voy al cortafuegos, al igual que Stu.

—¿Lo está haciendo? —exige saber AB.

Stu mira por encima de mi hombro.

—Sí.

Los ignoro a todos, mis dedos vuelan sobre las teclas mientras configuro programas de revelación automática de contraseñas.

Tan pronto como miran hacia otro lado, comienzo a hackear Verizon, que fue como hice mi llamada telefónica a Mémé más temprano. Stu me mira y me cambio a la ventana que tengo abierta de fondo, con los dedos siempre en movimiento. Aguanto la respiración.

Stu mira por un momento que me parece eterno y sé que lo ha notado. Espero a que me acuse con nuestros captores.

Pero no pasa nada.

—Saben, con Kylie trabajando en ello, ni siquiera me necesitan. Solo la retrasaré. —Stu cierra la computadora portátil y se pone de pie.

El sonido del martillo de un arma nos congela a los

dos. AB, quien, a estas alturas, creo que debe ser el señor X, pone el cañón de una pistola a un lado de la cabeza de Stu.

—¿Estás seguro de que quieres que crea que no te necesitamos? —Su tono helado me envía escalofríos por la columna vertebral.

Creo que Stu casi se orinó en los pantalones porque deja escapar un chillido extraño, se sienta y abre la computadora portátil. Aun así, tengo que darle crédito porque igualmente le responde.

—¿Me estás amenazando? No tienes nada sin mí. Cero.

—Me acabas de decir que solo la necesito a ella.

—¿Y quién va a saber si está hackeando SeCure o la cuenta de pensión de tu madre?

El señor X empuña la pistola y golpea a Stu en el costado de la cabeza con ella, lo suficientemente fuerte como para hacerlo caer al suelo con un gemido.

Me estremezco, sobre todo por el sonido del metal contra el hueso, pero también ante el patético saco de papas en que se convirtió Stu.

Recordatorio para mí misma: estoy sola en esto. Sin embargo, esto no nada nuevo.

Cambio de pantalla nuevamente, ingreso el número que había memorizado para contactar Mémé y le envío un mensaje de texto.

Ayuda. En un almacén, a 10-15 minutos en auto de casa. Toyota Corolla rojo estacionado enfrente. Placa DCR 583

La cierro y vuelvo a la pantalla principal.

Mémé me enviará ayuda. Ha sido una estupidez volver

a la casa, pero aún podría sobrevivir a esto. En especial porque ahora me necesitan con vida.

Todo lo que tengo que hacer es ganar tiempo…

~.~

Jackson

LE HAGO un agujero al piso de tanto caminar por el apartamento de Garrett. Sam también está ahí. Son las dos de la mañana, pero nadie duerme. Jacqueline se ve más pálida y desgastada que esta tarde, el miedo por Kylie la envejece otros diez años. La consolaría, pero estoy listo para derribar el edificio.

El sonido del teléfono de Garrett hace que todos miren. Lee el texto en voz alta. Al instante, todos sus hombres se ponen de pie, como una fuerza unificada. Es la primera vez en años que una manada me provoca sentimientos cálidos, quizás nunca antes me había sentido así. Pero esta solidaridad, este apoyo, es algo de lo que me he aislado.

No me engaño pensando que lo están haciendo por mí. Está claro que todos aman a la anciana. Además, son héroes criados por naturaleza. Garrett tiene un ejército de veinteañeros jóvenes y feroces. Son guerreros, listos para defender su manada.

—No puede haber muchos lugares así. Hay almacenes en South Kino y algunos al sur del centro, al otro lado de las vías del tren. —Busca un mapa en su teléfono y lo sostiene para que todos lo vean—. Nos separaremos, haremos viajes en auto. Si ven algo, me llaman. Nadie hace nada solo, ¿entendido? —Garrett ladra las órdenes y, por una vez, el alfa en mí ni siquiera se eriza. Su mente está mucho más clara que la mía en este momento. Estoy agradecido por su liderazgo.

—Jackson y Sam, vayan a estas cuadras al este de Kino.

Asiento y salgo por la puerta, sin siquiera esperar que termine de dividir las áreas.

Kylie necesita ayuda y estoy seguro de que la encontraré. Nos dirigimos hasta el distrito de almacenes y conducimos lentamente por las calles y callejones, buscando el Corolla. Pasan treinta minutos. Cuarenta y cinco. El nudo en mi estómago está tan apretado que siento que me retuerce hasta la garganta.

Me suena el teléfono.

—Lo encontramos. 738 North Toole.

No me molesto en contestarle a Garrett, solo piso el acelerador y salgo por la esquina del callejón levantando grava. Llego en dos minutos y medio. Apago el motor antes de llegar al edificio y me escondo en las sombras. Una motocicleta con uno de los soldados de Garrett ya está allí. Tres más se detienen detrás de mí, todos igualmente silenciosos y cautelosos. Los hombres de Garrett son muchachos inteligentes.

Nos quitamos la ropa y nos transformamos.

~.~

Kylie

OIGO ALGO AFUERA, pero nadie más parece notarlo. Espero que sea la caballería, pero no me atrevo a creerlo. Hay un ruido metálico cerca de la puerta y los cinco hombres sacan sus armas.

—Cállense, ¿qué fue eso? —sisea el señor X.

Me pongo de pie.

—Oye, tengo que hacer pipí —anuncio en voz muy alta—. ¿Dónde está el baño?

—Siéntate de una puta vez.

Camino hacia adelante. Quizás tomé pastillas de estupidez, no lo sé. Quizás estaba tan segura de que había llegado la ayuda. Subestimé cuán ágiles y peligrosos eran estos hombres.

El sujeto apunta la pistola a mi pecho. Stu, como un loco, salta frente a mí y recibe la bala justo cuando la explosión resuena en mis oídos. Lo veo caer, veo cómo la vida se escapa de sus ojos.

«Maldición». Stu acaba de morir por mí.

El caos estalla en todas partes cuando la puerta de metal del almacén se abre y una manada de lobos gigantes nos invade.

Se disparan las armas. Las balas vuelan. Por encima del terrible zumbido en mis oídos, oigo el gemido de los lobos al recibirlas y el grito de los hombres atacados por las fauces de las bestias.

Aunque hay muchos lobos plateados, no hay duda de

cuál es el mío. Enorme, majestuoso, feroz. Nuestros ojos se encuentran al mismo tiempo y eso le cuesta un momento de distracción. Uno de los imbéciles apunta y dispara.

—¡No! —grito y me lanzo frente a él. El dolor me atraviesa desde adelante y sale por detrás. Se siente como llamas abrasadoras. Intento seguir corriendo hacia Jackson, pero mi cuerpo se derrumba. La satisfacción crece y se revela en mi cara. Por una vez, no me quedé viendo cómo matan a alguien a quien amo. Stu me salvó y, ahora, yo salvé a Jackson.

Y sí, amo a Jackson. Lo sé con absoluta claridad. Él es mi seguridad. Mi hogar. Él es mi pasado y mi futuro. Mi presente.

Jackson salta por encima de mí en un elegante arco de cinco metros y medio y un sonido de ahogamiento me llena los oídos. No miro, porque sé que le acaba de arrancar la garganta al hombre que me disparó.

En un instante está allí, a mi lado. Se para sobre mí, protegiendo mi cuerpo caído con el suyo. Me lame la cara, chillando.

Un cosquilleo terrible me recorre el cuerpo. Unos destellos de calor me golpean como un relámpago. Mi visión se reduce a un túnel, pero parece agudizarse. Los sonidos y olores se hacen más fuertes. Mi punto de vista se oscurece al mismo tiempo que mis células parecen dividirse. Soy la nada y todo a la vez.

«Santa vida después de la muerte, Batman. Acabo de morir».

No es justo. Acabo de encontrar a Jackson. Me permití admitir mi amor por él. Creía que podríamos estar juntos.

Mi visión se aclara y, con ella, todo el dolor vuelve con brutal intensidad. Intento quejarme, pero el único sonido que sale de mi boca es un leve gruñido.

¿Gruñido?

Jackson resplandece y se transforma, su rostro humano se cierne sobre mí. Parpadea para contener las lágrimas, pero no se ve triste. Su rostro está lleno de asombro.

—Eso es, gatita. Te transformaste. Me mostraste tu pantera.

«¿Mi pantera?»

Bajo la mirada hacia unas patas negras gigantes. «Santa transformación, Gatichica».

Jackson me acaricia el hocico. Me acomoda el pelaje.

—Vas a estar bien, nena. Los cambiantes podemos curarnos de heridas de bala —logra sonreír entre lágrimas —. Gracias a los dioses. Te transformaste. Lo lograste, nena.

Un hermoso sonido retumbante me sale del pecho. Estoy ronroneando. Aumenta el dolor de la herida de bala, pero instintivamente sé que eso es bueno. Me está curando.

Jackson continúa acariciándome la cara y las orejas, mirándome con fiera atención.

Se oyen unas sirenas en la cercanía.

Un lobo ladra, fuerte y alto. Suena como una orden.

Jackson me toma en brazos y sale corriendo. Miro por encima de su hombro al cuerpo sin vida de Stu. Al hombre que finalmente enderezó la balanza de la justicia. Se convirtió en un héroe en la muerte, en lugar de un criminal. Algo en su acto corrigió más que esta jodida situación. También se siente como una redención por la muerte de mi padre. Como la que el universo me debía. No, como si el universo me estuviera mostrando una prueba de que todavía hay algo bueno en el mundo. Que puedo confiar en algo más que en la familia.

Demonios, por todos lados hay personas, cambiantes, que se presentaron para ayudarme. Cambiantes que ni siquiera me conocen.

Sam está junto al Range Rover, se está colocando unos vaqueros cuando llegamos. Abre la puerta del asiento trasero para su hermano de manada y Jackson se sube, conmigo aún en brazos. Sam salta al asiento del conductor, enciende el vehículo y conduce sin encender las luces. Las sirenas suenan con más fuerza.

Recargo la cabeza pesadamente en el regazo de Jackson y cierro los ojos, el dolor es demasiado fuerte. Él sigue acariciándome el pelaje y murmura suavemente y creo… no, sé, sin una sombra de duda, que finalmente, por una vez en mi vida, todo saldrá bien.

~.~

Jackson

LOS PRIMEROS RAYOS de luz se asoman sobre las montañas cuando Sam entra en mi garaje.

Por orden mía, se detuvo a recoger a Jacqueline. Sabía lo preocupada que estaba su abuela y viceversa. Quiero que Kylie tenga todo el apoyo que necesite, especialmente considerando que es su primera transformación. Si bien la transformación fue necesaria para que sobreviviera, es posible que no sepa cómo volver a su forma humana cuando llegue el momento.

La llevo adentro. Sam intenta cargar a Jacqueline, pero la vieja gata insiste en caminar sola, apoyándose pesadamente en Sam. Las instalamos en el dormitorio de invitados del piso superior. Jacqueline se transforma y se acurruca junto al cuerpo de Kylie, sumando sus ronroneos a la curación de su nieta.

Me siento al lado de la cama, con el corazón prácticamente en la boca, y muevo los dedos por el elegante pelaje negro de Kylie.

Es jodidamente magnífica. Una enorme pantera negra con ojos dorados. Realmente asombrosa. Es la primera vez en mi vida que algo tiene sentido. Por supuesto que mi lobo eligió a esta increíble hembra. Es todo lo que podría desear en una pareja: fuerte, brillante, hermosa. Y una cambiante.

La mañana llega como un tren de carga, mi teléfono no para de sonar. Salgo de la habitación para no molestar a Kylie, luego doy órdenes y hago declaraciones en las llamadas con Luis, Sarah de relaciones públicas y el director financiero de SeCure. El dinero ha sido restituido, absolutamente todo. Le digo a Luis que haga que SeCure se atribuya el mérito de la reversión porque sé, sin un atisbo de duda, quién es el responsable. Mi empleada estrella, Kylie McDaniel.

Cuando vuelvo a la habitación, la respiración de Kylie se oye tranquila y relajada, sus heridas ya están cerradas.

—Parece que todo el dinero está en el lugar correcto

otra vez. Tú hiciste eso, ¿no es así, hermosa? —murmuro, frotándole la mejilla. Ella se empuja contra mi mano—. ¿Puedes volver a cambiar, gatita? ¿Traer a Kylie de vuelta?

Los ojos del gran gato se agrandan. Como temía, no sabe cómo hacerlo.

—Cuando Sam trató de desaparecer en la ladera de una montaña de California, me puse sobre su garganta y le exigí que se transformara. El animal puede tomar el control si pasas demasiado tiempo sin volver a tu lado humano. Olvidas quién eres.

Jacqueline cambia y se vuelve a vestir. Le murmura a Kylie en francés. Capto palabras que entiendo aquí y allá. «Encuentra», «tranquilo» y «recuerda». No sé si es diferente para los gatos, así que me alegro de que Jacqueline esté aquí para ayudarla.

Kylie se mueve inquieta. Abre y cierra los ojos, flexiona las patas, mostrando garras enormes y afiladas. Se da la vuelta y se pone de pie en la cama. Rueda sobre sí misma.

Jacqueline vuelve a hablar, orientándola constantemente.

Kylie clava las garras en la cama, destrozando las sábanas y mantas.

—Vuelve a mí, gatita. Quiero besarte —murmuro.

Dirige los ojos dorados hacia mí y nuestras miradas se encuentran. Ninguno de los dos parece respirar. Finalmente, el aire alrededor de ella brilla.

—Eso es, nena —la animo, pero el brillo se desvanece —. Lo tenías justo allí. Inténtalo de nuevo. Necesito besar esa boquita tuya.

El aire brilla de nuevo y Kylie aparece, pálida, pero aún más hermosa de lo que recuerdo.

—Nena. —Me lanzo sobre ella para envolverla con una manta y la tomo en brazos.

—¿Dónde está el beso que prometiste? —croa.

—Tráele un poco de agua —le grito a Sam, que está apoyado en la puerta. Inmediatamente desaparece.

—¿Y bien? —me exige.

No me detengo. Reclamo su boca con cada pizca de ferocidad que hay en mí. La necesidad de poseerla, reclamarla, marcarla, emparejarme con ella fluye como un torrente. La necesidad de castigarla por recibir una bala que iba dirigida a mí. La necesidad de mostrarle mi amor, mi afecto, mi promesa de estar ahí para ella la próxima vez. No defraudarla como lo hice esta vez. Le separo los labios con la lengua y la entrelazo con la de ella. Me apoderó de su boca, exigiendo más, tomándolo todo. La bebo. La devoro.

—No sabes lo mucho que lo siento —gruño cuando finalmente nos separamos, ambos jadeantes—. Nunca dejaré que te alejes de mí de nuevo. Nunca te dejaré. Esa es una maldita promesa.

Ella sonríe débilmente y recuerdo su frágil estado de salud. Una punzada de culpa me pincha por besarla con tanta fuerza.

Sam regresa con el agua y se la arrebato para entregársela a mi pareja.

—Rayos, hermano. ¿Las cosas van a ser así durante todo el embarazo?

Todos en la habitación se congelan mientras le doy vueltas a las palabras en mi cabeza.

«¿Embarazo?»

Dios. Sí. El olor de Kylie ha cambiado. La victoria me golpea como un meteoro. Mi lobo salta alegre y rodea a Kylie bailando mientras lanza un puñetazo triunfante al aire. Ella lleva a mi cachorro. «Mi cachorro».

Jacqueline se tapa la boca.

—*Mon Dieu* —jadea y luego se lanza hacia nosotros, parloteando rápidamente en francés.

El desconcierto de Kylie florece en sus ojos húmedos.

La aprieto contra mi cuerpo, mi lobo se siente ferozmente protector incluso sin haber una amenaza presente.

—Por eso fue que te transformate, gatita. El ADN de mi cachorro inclinó la balanza.

Ella se ríe entre lágrimas.

—¿Estoy embarazada? ¿Cómo lo sabes? ¿Estás seguro?

Jacqueline, Sam y yo asentimos.

—Tu olor ha cambiado, nena. Estás embarazada. —Las lágrimas me hacen arder los ojos.

Jacqueline y Sam tienen la cortesía de salir de la habitación y cerrar la puerta detrás de ellos.

—Gatita, supe que eras mi pareja desde el momento en que entraste en el ascensor. Te necesito. Eres la única persona en la que he confiado, la única en la que he creído. En toda mi vida. Puedo jugar contigo ahora y pretender que te estoy ofreciendo la opción de ser mi pareja o no, pero el hecho es que eres mía. Si corres, yo te seguiré. Si te escondes, yo te encontraré. Así que, por favor, haz que esto sea fácil para los dos y dime que te quedarás.

Kylie frunce los labios y silba.

—Esa es quizás la peor propuesta de matrimonio que he escuchado.

No puedo luchar contra la sonrisa que me aparece en los labios.

—¿Eso es un sí?

Me lanza una larga mirada, lo suficientemente larga para que deje de respirar, tengo que obligarme a no moverme.

—Todavía estoy enojada contigo por no creer en mí.

Le acaricio la mejilla.

—Lo sé. La cagué. Pero te prometo que pasaré el resto de mi vida compensándote por eso. Tu abuela y tú gobernarán mi puta vida.

Se le empañan los ojos de nuevo y apoya la frente contra la mía.

—Pensé que eras tú a quien le gustaba gobernar.

—Así es. Sí, siempre. ¿Puedes vivir con eso?

—Sí. —Esta vez no lo dudó y casi me desmayo de alivio—. Solo hay un problemita.

Tenso los hombros.

—¿Cuál?

—El FBI me está buscando.

—Lo estoy solucionando —le prometo—. Garrett se quedó para acomodar los cuerpos en el almacén, para que parezca que Stu y sus compañeros se mataron entre sí. Se te dará todo el crédito por la recuperación del dinero. No pienses más en eso. —No puedo evitar recorrerle la suave piel, meter las manos dentro de su camiseta para tocarle los pechos—. De lo único que debes preocuparte es que nuestro bebé crezca.

LA TENTACIÓN DEL ALFA

Echa la cabeza hacia atrás, me ofrece su boca de nuevo y yo la reclamo, casi incrédulo de que realmente sea mía.

—¿Cuándo vas a marcarme? —Su voz suena ronca, pero no asustada.

—Tan pronto como te recuperes, cariño. Justo después de que te ponga ese bonito culo rojo por recibir una bala que era para mí.

Ella menea el culo en mi regazo.

—Sabes que siempre serás mi héroe. —Me acaricia el rostro—. Pero no podía ver impotente mientras mataban a otra persona a quien amo.

El corazón me rebota en el pecho.

—¿Me amas?

Se ríe con esa risa ronca que me vuelve loco.

—Te amo, lobo. Ya te lo dije antes.

—No me molesta escucharlo otra vez.

—Te amo, te amo, te…

La callo con un beso, ahogando su boca con la mía, acariciando sus labios, uniendo nuestras lenguas.

—Te amo, gatita. Este es tu hogar.

Deja caer la cabeza hacia atrás y cierra los ojos.

—Sí —suspira—. Tú eres mi hogar.

EPÍLOGO

*U*n mes después

Kylie

—SÚBETE LA FALDA, nena. Déjame ver qué me espera cuando lleguemos a casa. —Mi pareja no se ha vuelto menos mandón desde que me marcó. Regresar a casa juntos después del trabajo se ha convertido en uno de los muchos placeres de trabajar para Jackson King. Los descansos compartidos para el almuerzo son otro. Y poder ayudarlo con su código nuevo.

Me mira como un hombre hambriento. Como si ya no me hubiera cogido en el escritorio después de azotarme con una regla durante el almuerzo. Como si no tuviera acceso completo a mí todas las noches en casa.

—Ahora, gatita. Cada segundo que me hagas esperar te ganará un azote de mi cinturón.

Ya había tomado el dobladillo de la falda ajustada, pero me detengo, mostrándole una sonrisa traviesa.

—¿Con que sí?

Ahora que he activado mi ADN de cambiante, mi cuerpo se cura casi instantáneamente, lo que significa que Jackson puede emplear cualquier forma de castigo que desee y el dolor es solo fugaz. Es un poco triste, de verdad. Porque ahora nunca me sacio.

Jackson agarra la tela y me jala la falda hasta la cintura, rasgando la tela con el forcejeo. Me azota los muslos.

—Muéstrame lo que es mío. —Su voz es gruesa. Me encanta escucharlo así, medio ido por el deseo hacia mí. Ahora que sabe que soy una cambiante, no tiene miedo de ser duro conmigo.

Durante la última luna llena, me llevó de nuevo a la cabaña y me reclamó en cada posición, ángulo y orificio existente. Pensé que había sido insaciable la última vez, cuando había estado tratando de no marcarme, pero resulta que emparejarnos no garantiza mi seguridad cuando hay luna llena.

Pero jamás me quejaría de eso.

Bajo la mano y acaricio el espacio entre mis piernas.

—¿Estás mirando esto? —ronroneo.

Se traga una maldición.

—Fuera —gruñe—. Bájate las bragas o te las arranco.

Hago un espectáculo al bajarme las bragas y las sostengo frente a su cara mientras conduce.

Las agarra, se las lleva a la nariz e inhala profundamente antes de guardárselas en el bolsillo del pecho. Hoy lleva un traje que me tuvo mojada todo el día. Me encanta cuando usa su atuendo de director ejecutivo casi tanto como me encantan las camisetas ajustadas y los vaqueros.

—Esto, nena. —Estira el brazo por el auto y mete la mano entre mis piernas—. Abre más esos muslos para mí. Necesito ver mi coño.

Intento obedecer, pero no se podría ver de todos modos porque sus dedos me están tocando, acariciando, golpeando el clítoris y los pliegues femeninos, haciéndome retorcer mientras la lujuria me inunda las piernas.

El gruñido retumbante de Jackson llena el Range Rover. Me mete un dedo.

—Jackson —jadeo—. No mientras estás conduciendo.

Chasquea la lengua y desliza el hermoso e intruso dedo hacia adentro y hacia afuera, enviando espirales de calor y placer a través de mi cuerpo.

—¿Quién da las órdenes aquí, gatita?

Gimo mientras él introduce el dedo aún más profundo. No sé cómo se las arregla para conducir bien. Estoy cegada por el deseo, mi mundo da vueltas y se agita, se desliza hacia un lado y luego se endereza y se desliza hacia el otro.

—T-tú.

—Así es, nena.

Me froto el clítoris con la palma de su mano, recibiendo su dedo más profundamente.

—¿Quién es el dueño de todos tus orgasmos?

Levanto la pelvis para encontrarme con sus embestidas y aprieto los dientes.

—¡Tú lo eres! P-por favor, Jackson.

Gruñe

—Ruégame, gatita.

No estoy muy orgullosa.

—¡Por favor, por favor, por favor, Jackson!

Se inclina hacia adelante para cambiar el ángulo e inserta un segundo dedo.

Levanto las caderas del cojín del asiento y me trago un grito justo antes de acabar.

—Así es, nena. Acaba por todos mis dedos. Estarás apretándome el pene cuando acabes de nuevo tan pronto como te lleve a casa. Después de tus azotes.

Los muslos me tiemblan mientras me dejo caer, débil y temblorosa por la liberación.

Jackson se detiene en su entrada, nuestra entrada, como sigue recordándome. Todavía no puedo creer lo completamente envueltas que están nuestras vidas ahora. Salimos del vehículo y me arreglo la falda. Jackson da la vuelta alrededor del auto y me empuja contra él. Me agarra el rostro con una mano y lo mantiene prisionero para un beso caliente y áspero.

—Sé que ese coño todavía se está contrayendo por mí.

—Cómo sabe esto, no tengo idea, pero tiene razón. Deja caer la mano con la que me sostiene la cara para tomarme por la nuca—. Así que vamos a entrar, besar a Mémé y cenar. Pero, cuando te dé la señal, subirás corriendo las escaleras y te quitarás todo menos esos eróticos tacones altos. Y quiero que me esperes con el culo en el aire y la cara en las mantas. ¿Entendiste?

Las contracciones entre mis piernas se vuelven más insoportables.

—Sí, señor.

Él sonríe y me pasa la yema del pulgar por el labio inferior.

—Buena chica. Vamos.

Adentro, la casa huele a la cocina celestial de Mémé.

—Ah, ya llegaron. —se alegra Mémé. Lleva el ridículo delantal que Sam le compró y que tiene la pirámide alimenticia francesa: pan francés, queso y quiche.

Jackson la besa en la mejilla.

—¿Qué huele tan bien, Mémé?

—Filete para los lobos. Salmón para los gatos. Arroz, ensalada y pan fresco para todos.

Sam entra por la puerta trasera con una fuente llena de filetes a la parrilla.

—Su carne, *mademoiselle*. —Le hace una reverencia a Mémé y un guiño.

Se sonroja como una colegiala. Sam y ella se llevan muy bien. Al principio, Sam había sugerido que se mudaría, pero Mémé y yo no quisimos escucharlo y Jackson nos respaldó.

—Tú eres mi manada —insistió—. Los tres. Los necesito a todos en mi casa donde pueda protegerlos. Y, Sam, te necesito cerca para proteger a mis hembras cuando no esté.

—Tráelo a la sala de estar —Mémé se dirige a Sam ahora y nos ahuyenta detrás de él. Intento sentarme en mi silla, pero Jackson me pone en su regazo. Todavía no se ha cansado de alimentarme. Tiene algo que ver con el privilegio de un lobo.

Mientras veo a mi pequeña familia reunirse alrededor de la mesa, el pecho se me hincha tanto que estoy segura de que estallará. Por extraña e improbable que sea una manada como la nuestra, con ellos, experimento un profundo sentido de pertenencia. Esto es lo normal que he estado buscando durante todos estos años.

Finalmente estoy con mi propia especie y me aman sin medida.

«Este es mi hogar».

***

¿Quieres saber cómo Jackson le propuso matrimonio a Kylie? Descarga "Amor en el ascensor", una historia adicional sobre Jackson y Kylie de forma gratuita aquí: https://dl.bookfunnel.com/s659p2s3aj

¿QUIERES MÁS?

¿Quieres más? Lee todos los libros de la saga Alfas peligrosos

El peligro del alfa (Alfas peligrosos 2)
«Rompiste las reglas, humana. Ahora me perteneces».

Soy un lobo alfa, uno de los más jóvenes del país. Puedo elegir a cualquiera de las lobas de la manada para que sea mi pareja. Entonces, ¿por qué estoy olfateando a la sensual abogada humana que vive al lado? Tan pronto como siento el dulce olor de Amber, mi lobo quiere reclamarla.

Estar cerca de ella es una mala idea, pero yo no sigo las reglas. Amber actúa toda digna y recatada, pero también tiene un secreto. Quizás no quiera tener habilidades psíquicas, pero son un don.

Debería dejarla ir, pero la forma en que intenta luchar contra mí solo hace que la desee más. Cuando descubra lo que soy, no podrá escapar. Es parte de mi mundo, le guste o no. Necesito que use sus dones para que me ayude a encontrar a mi hermana perdida y no aceptaré un no por respuesta.

Ahora me pertenece.

LIBRO GRATIS - LA VIRGIN Y EL VAMPIRO

Quiere un libro gratis de Renee Rose y Lee Savino? Suscríbete a su newsletter para recibir *La virgin y el vampiro* y otro contenido especialmente bonificado y noticias de nuevos. https://BookHip.com/NCVKLK

LIBRO GRATIS

Quiere un libro gratis de Renee Rose? Suscríbete a mi newsletter para recibir *Padre de la mafia* y otro contenido especialmente bonificado y noticias de nuevos. https://BookHip.com/NCVKLK

RENÉE ROSE, LA AUTORA BESTSELLER EN USA TODAY, ama los héroes dominantes, ¡los machos alfa que saben hablar sucio! Ha vendido más de un millón de copias de tórridas novelas románticas con diferentes niveles de sexo no convencional. Sus libros han sido presentados en el Happily Ever After de USA Today y en Popsugar. Nombrada en el Eroticon de los Estados Unidos como la Próxima Autora Erótica Top en 2013, ha ganado también como Autora Preferida en Ciencia Ficción y Antología Valiente y Atrevida y con la mejor novela romántica histórica en The Romance Reviews. Figuró cinco veces en la lista de USA Today con varias antologías.

**Quiere un libro gratis de Renee Rose? Suscríbete a mi newsletter para recibir *Padre de la mafia* y otro contenido especialmente bonificado y noticias de nuevos. https://BookHip.com/NCVKLK

https://www.subscribepage.com/reneerose_es

ACERCA DEL AUTOR

Lee Savino es una autora de novelas románticas inteligentes y sensuales incluida en las listas de grandes éxitos del periódico USA Today. La puedes encontrar en el grupo "Goddess Group" en Facebook.